イダー龍騎

井上敏樹

講談社キャラクター文庫 003

デザイン／出口竜也（竜プロ）

目次

1

その世界ではあらゆるものの右と左が逆転していた。

一番わかり易いのは街を彩る広告や道路標識を見ることである。それらの文字や記号がことごとく反転している。

誰かがこの世界で愛する者に出会ったとしたら、ギョッとするような違和感を覚えるに違いない。ホクロの位置が逆である。髪の形も左右が逆、微笑む時の唇の形も違っている。

それは愛する者の顔ではない。どちらかと言えば愛する者のデスマスクに近い。

その世界では星々の形も右と左が逆転している。すべての星座が反対側を向き反対側に落ちていく。だからここでは星を見上げてはならない。星を読んで自分の位置を確かめてはならない。そうすれば必ず道に迷う。

その男はどこからともなくこの世界に現れた。

騎士風の仮面に覆われて男の顔は見ることができない。コウモリを想わせる漆黒のマントが男の体に絡みつきその手には白銀の剣が握られている。

それは秋山蓮《あきやまれん》が仮面契約者《ライダー》──ナイトに変身した姿だった。

ナイトに変身しなければ蓮はこの世界に足を踏み入れることはできない。通常、生身の人間はここで生きることはできない。訪れることも許されない。

ナイトは北斗七星がさす地上の一点にモンスターの気配を感じて振り返った。

と、同時に首筋に鋭い痛みを感じる。次の瞬間には巨大な蛾《が》のようなモンスターが目の前にあった。鞭《むち》のようなその触角がナイトの首を打ち、そのままぐちゃりと巻きついて絞め上げてくる。

この世界には様々なタイプのモンスターが存在する。昆虫のようなもの、爬虫類《はちゅうるい》のようなもの、魚類のようなもの、鳥のようなもの、それらを融合させたようなもの、また、機械類を組み合わせたロボットタイプのものまで潜んでいる。

蓮はナイトに変身し、今までに何匹ものモンスターたちを倒してきた。倒さなければならなかった。

ナイトは下段から一気に白銀の剣──ダークブレードを振り上げて蛾型モンスターの触角を切断した。

手足と羽根をばたばたと震わせてモンスターが後退していく。金色の鱗粉《りんぷん》が無数の流れ星のように夜空に向かって舞い上がった。

（ほらよ、食え。餌《えさ》の時間だ）

剣の一閃《いっせん》がモンスターの喉を貫通すると、ナイトの呼びかけに応じてダークウイングが出現した。マジシャンが空中から鳩を取り出すように、ダークウイングは突然、ナイトの影の中から現れ、蛾型のモンスターに襲いかかった。

コウモリ状の翼を広げ、鋭い爪でモンスターの頭を鷲摑《わしづか》みにするとバリバリと頭の天辺から食らいはじめる。

ダークウイングは蓮にとっての契約モンスターだった。

ダークウイングの力によって蓮はナイトに変身し、超人的な力を発揮することができる。その代わり、ダークウイングには定期的に餌を与えなければならない。もし、契約したモンスターを飢えさせるようなことになったら契約者自身が餌になる。

ダークウイングはなんの躊躇《ためら》いもなく蓮に襲いかかるに違いない。

ダークウイングが食事を終えナイトの影の中に帰還すると不意に背中に激痛が走った。

（戦え！　ナイト！）

そう言う相手には見覚えがあった。シザースと呼ばれる蓮と同じ仮面契約者《ライダー》だ。シザースとは今までに三度この世界で会ったことがあったが三度ともシザースは背後から不意打ちを仕掛けてきた。

当然、蓮はシザースが嫌いだった。蟹《かに》のような仮面に覆われているその素顔はわからないがきっと現実世界で出会っても嫌な奴に違いない。

(今日こそケリを付けてやる。蟹野郎。せいぜい泡を吹かせてやるぜ)

シザースは右腕にハサミ形の強力な武器を装備している。岩をも切断する切れ味のその武器は防御に使えば楯《たて》になってシザースを守る。

ナイトのダークブレードの攻撃もシザースには通用しない。

シザースは剣の攻撃をすべて弾き返しナイトの顔面を狙ってハサミを伸ばした。

危うくかわしたナイトの眼前で巨大な金属のハサミがガチャッと空を切り、飛び散った無数の火花が視界を塞いだ。

一瞬、視力を失ったナイトの腹部にシザースの蹴《け》りが炸裂《さくれつ》する。

(ぐ)

ナイトは大きく後退して身を屈めた。

(やめろ!)

ナイトが体勢を立て直した時、横手からもうひとりの仮面契約者が現れた。

城戸真司《きどしんじ》だった。

(やめろったら、やめろ! こんな戦い、意味ねぇっての)

この世界では言葉を発することはできない。

それでも相手に意志を伝えることはできる。言葉は思念となって直接相手の心に流れ込む。

この世界では風が吹かない。言葉は空気を震わせない。音がない。ただ、痛いような静寂だけが広がっている。

それが、鏡の中の世界《ミラーワールド》だ。

ミラーワールドに飛び込む少し前、秋山蓮は自分のマンションの一室で優衣《ゆい》と体を重ねていた。

ふたりの汗がひとつになりベッドのシーツに滴《したた》って、蓮が体を離すと、優衣は生まれて初めて綾取《あやと》りをした時の話をした。

急に綾取りと言われても蓮にはなんのことだかわからない。少しの間考えて思い出した。

小学校の頃、クラスの女子たちが毛糸の輪を指にかけて遊んでいた。女子たちは器用に輪に指をくぐらせて様々な形を作っていた。箒《ほうき》や東京タワーや橋やハシゴ……。

「子どもの頃、クラスで綾取りが流行ってね」

と、優衣は続けた。

優衣は蓮と会う度に『生まれて初めて』の話をした。生まれて初めてホットケーキを焼いた話、生まれて初めて映画を見た時の話、生まれて初めて犬を飼った時の話……。

それが今日は綾取りだった。

「私も綾取りをしてみたくて仕方がなかった。毛糸で色々なものが作れるのがなんだかとても不思議で。一本の糸から塵取《ちりと》りとか東京タワーが編み出されて糸を引っ張るとするりと消えてなくなるのが。幼い私には毛糸の輪がなんだかとても貴重なものに思えてね。私は家にあるセーターやマフラーや手袋を解いて綾取り用の輪を作った。というのも家には毛糸がなかったから。おかげで私は綾取りができるようになったけどうちの毛糸製品は全部台無し。私が切り取った所から糸がほどけちゃって」

「それで？」

しばらく話の続きを待って蓮は訊《たず》ねた。

「おしまい」

優衣の話はいつも突然終了する。オチがあると言えばあるしないと言えばない。教訓的かどうかもわからない。

だからいつも蓮は黙っている。どう反応していいのかわからない。

優衣もそれで満足しているようだった。別に蓮に感想を求めているわけではない。ただ、黙って聞いてくれれば満足なようだった。

優衣が眠りに落ちたのを確かめると蓮はそっとベッドから抜け出して鏡の前に立った。

そろそろ契約モンスター、ダークウイングに餌をやらなければならない。

変身
心の中で呟《つぶや》くと、騎士風の仮面と強化スーツが体を包み蓮はナイトに変身した。背中のマントを翻《ひるがえ》し、ナイトは鏡の中に飛び込んでいく。

優衣は薄目を開けてナイトの後ろ姿を見送った。


（いい加減にしろ！　何度言ったらわかるんだ！　無意味なんだよ、こんな戦い！）

無音のミラーワールドで城戸真司の思念がナイトの脳に響きわたる。

真司はミラーワールドでは仮面契約者――龍騎《りゅうき》として存在する。

龍騎はナイトとシザースの間に割って入り、両者を制止するように両手を広げて喚いている。

戦いをやめろ
龍騎の、真司の言うことはいつも同じだ。こんな戦いに意味はない。

蓮は現実世界でも何度か真司と顔を合わせたことがあった。

初めて見た瞬間から蓮は真司が気に入らなかった。

人の良さそうな、それでいて頑固そうな顔をしている。思い込みが激しくて押しつけがましい、そんなツラだ。

龍騎に変身した姿の方がまだマシだった。少なくとも真司の素顔を見なくて済む。もっとも蓮は龍騎のツラも嫌いだった。騎士風の仮面という点ではナイトと同じだったが、龍騎の方がもっとでかくて重そうだった。中世の拷問具のような風貌をしている。その仮面をつけられた者は塔の牢獄《ろうごく》に幽閉《ゆうへい》され、一生仮面を外すことができない。そんな伝説が思い出される。

シザースはハサミ形の右腕を振りかざして猛然と龍騎に襲いかかった。

龍騎は青龍刀《せいりゅうとう》のような剣―ドラグセイバーを引き抜いてシザースの攻撃を受け止めた。

ミラーワールドには音がない。

どんな激しい戦いも、まるで無声映画のように静寂の中で展開する。

龍騎はシザースの巨大なハサミを二度、三度と弾き返しながら決して反撃しようとはしない。ただ、守るだけだ。

(おい、城戸!　背中を貸せ!)

龍騎とシザースの戦いを見守っているうちに、ふと、思いついてナイトが叫んだ。

(え?　背中?)

ナイトの思念を受け取ると、龍騎は恐るべき素直さで背中を丸めた。

ナイトは龍騎に向けて一気に走り寄ると、その背中を踏み台にして大きく夜空にジャンプした。

空高く舞い上がったナイトの姿が月の光を受けて、北斗七星の八番めの星になる。

（飛翔斬《ひしょうざん》！）

その心の叫びに応じてナイトの必殺技《ファイナルベント》が炸裂した。

槍状《やりじょう》の武器—ウイングランサーを構えたナイトの全身を、翻ったマントが繭《まゆ》のように包み込む。巨大な繭がドリルのように回転し、北斗七星の星の数が七つに戻って、ドリルはシザースの体を貫通した。

ハサミ形の右腕を粉砕し、ナイトの全身を武器とするその必殺技はシザースの胸に風穴を開けた。

着地すると同時にマントの繭が開かれて、ナイトは元の姿に戻っている。

シザースは自分の身に起こったことが信じられないようだった。

胸の大穴に手を入れてなにもない空間でぐるぐると指を回している。

次の瞬間、無音の爆発が起こり、シザースは青白い炎と共に消滅した。真っ白い爆煙が霧のように龍騎とナイトの間を流れていく。

その煙の向こうで仮面の下の真司の目が怒りで赤く染まっていた。

（蓮、お前、おれの体を利用しやがって！）

(ああ。素直なお前に感謝だ)

(お前、わかってんのか? あのカニ男にだって親兄弟がいたかもしれないんだぞ! もしかしたら可愛い婚約者とか病気のおばあちゃんとか幼い子供だって!)

(それがどうした?) 蓮は鼻でせせら笑った。(残された者をかわいそうに思うんなら全員ここに連れてこい。おれがまとめて殺してやる)

(ふざけるな!)

龍騎がナイトに躍りかかってふたりの剣が衝突する。

初めて見た瞬間から真司は蓮が気に入らなかった。

暗い、それでいて人を見下すような顔をしている。なにも信用せずに、冷ややかな笑いで人を拒否する、そんなツラだ。

龍騎はナイトの剣を弾き飛ばし、目の前の顔面に握り拳を叩《たた》きつけた。

ミラーワールドに飛び込んでくる少し前、城戸真司は霧島美穂《きりしまみほ》と一緒にお好み焼きを食べていた。

ソースの焦げる芳しい匂いが鼻を突き、真司は湧き上がる大量の唾液をごくりと音を立てて飲み込んだ。

美穂は意外な手際の良さで次々とお好み焼きを焼いていく。

「青のりは？　かける？」

「かけるかける」

　美穂が訊ね、真司が答える。

「鰹節《かつおぶし》は？　かける？」

「かけるかける」

　真司はあっと言う間に三枚のお好み焼きを平らげるとグラスのウーロン茶を一気に飲み干しプハ〜ッと満足のため息をつき、

「それで？」と美穂に向き直った。

「なんの用だよ、こんな所に呼び出して」

　真司のそんな豹変ぶりに美穂は思わずぷっと吹き出した。

「なんだよ、なにがおかしいんだよ」

「だってさ、あんた、今まで幸せそうににこにことお好み焼き食べてたのに食べ終わった途端に構えるんだもん。あんた、あれでしょ？　女と一発やったらお尻蹴飛ばして部屋から追い出すタイプでしょ？」

　美穂はお好み焼き用の紅ショウガをつまみながら生ビールを飲んでいた。鼻の下についたビールの泡を指で拭ってなめる。

「指をなめるな！　大体なんだよ、おれがどんなタイプだって？　全然違うつーの。おれはな、好きな女としかそういうことしないんだよ。好きな女になら優しくするに決まってんだろ。それに、なんだよ、女のくせに一発やるとか言うなよ」

「じゃあ、なんて言えばいいわけ？　セックス？」

「だからそういうこと言うなって」

真司は早くも美穂と会ったことを後悔していた。美穂と会うのはこれで二度めだった。最初の出会いは最悪だったが今日も嫌な予感がする。

「今日はね、この間のお礼をしようと思ってさ」美穂はクリッとした大きな瞳で真司を見つめた。「だから遠慮せずにいっぱい食べていいよ。もちろん私の奢《おご》りだから」

「そ、そうかよ」

「この前はちょっと迷惑かけちゃったからさ」

「ちょっとどころの話じゃないだろ」

真司は追加したもんじゃ焼きとステーキを食べながら改めて詰問するような目で美穂を見つめた。真司は真司で言いたいことがあったからわざわざ美穂の呼び出しに応じたのだ。

「お前、あれに懲りたらもうやめろよな。結婚詐欺みたいな真似はさ」

「私、結婚詐欺なんかしてないよ」

美穂はビールのお代わりを注文した。生、お代わり、大で

「結婚を餌にしたことなんて一度もないもん」

「じゃあ、なんだよ、恋愛詐欺か？」

「あんた、馬鹿じゃないの」美穂の大きな目が笑っている。「恋愛なんてみんな騙《だま》し合いじゃない。みんな詐欺師みたいなもんだよ」

「よくないな。そういう考え方。恋愛は騙し合いとは違うだろ」

真司はウーロン茶のグラスをダンッとテーブルに叩きつけた。

「恋愛というのは……」

「なによ、恋愛とは？」

聞き返す美穂の目が真剣みを帯びる。くるくると美穂の表情は変化する。

喜怒哀楽が光のように明滅する。

「恋愛とは……お好み焼きみたいなもんだろ。裏も表もないんだ」

「なによ、それ。バッカみたい。大体あんた、女の子と付き合ったことあんの」

ない、とは言えなかった。

「そ、そりゃ、あるさ」

「嘘《うそ》ばっかし」

「馬鹿にするな。とにかく、お前、生き方変えろよな。人を傷つければ必ず自分に返ってくるんだ。因果応報って言葉知ってんだろ？」

「もういい」

ふん、と美穂は鼻の頭越しに真司を見つめた。

「もう帰る。私、説教されんの大嫌いなの。気の抜けたビールよりもね」

素早く立ち上がってレジで会計を済まし店から出ていく美穂の後を真司は慌てて追いかけた。少し言いすぎたかな、と後悔する。自分の言葉で相手が傷つくのは真司の望むところではない。

「おい、待てよ。待てって。そんな怒ることないだろ。言いすぎたんなら謝るから」

後ろから腕をつかまれ、美穂は立ち止まってくるりと振り返った。

「だからもういいって。私的にはあなたにお礼がしたいっていう目的は果たしたんだからさ。放してよ」

足早に遠ざかる美穂の後ろ姿を見送りながら真司はジーパンの尻ポケットの財布が消えていることに気がついた。

言いすぎたかなという後悔が甘かったという後悔に変わる。

(あいつ、掏摸《すり》までやるのか。なんて女だ)

真司は美穂を追って走りはじめた。

角を曲がると真っ直ぐに続く一本道に美穂の姿はどこにも見えない。

一匹の三毛猫が電信柱の陰であくびをしているだけだ。

真司にはその三毛猫が美穂の正体のように思われた。あの女ならそんな物の怪であってもおかしくないような感じがする。

「おい、お前、財布を返せ」

と、真司が半分本気で猫に語りかけた時、電信柱のロードミラーに異変が起こった。ブーンッと鏡面が震えはじめ、鏡の中にぶつかり合うナイトとシザースの姿が映し出される。仮面契約者にはミラーワールドの様子を鏡を通して見ることができた。

（あいつら、また始めやがって）

もう美穂のことはどうでもよかった。もっと大事なことが目の前にある。

「変身」

そう叫びながらミラーに向かって腕を伸ばすと、手の中に龍《りゅう》の頭を模した金属製のエンブレムが出現する。そのエンブレムが光を放ち、真司は光の中で仮面契約者─龍騎の姿に変身した。

道路脇のゴミ集積所のダストピットの蓋が薄く開いた。

その隙間から、美穂は龍騎に変身して鏡の中に消えていく真司の姿を見つめていた。

ナイトを殴り飛ばした直後、龍騎は腹を押さえてうずくまった。

瞬間的にナイトの膝が入ったのだ。

上体を起こすと同時に龍騎はナイトの顔面に頭突きを放った。

素早くかわしてナイトは龍騎の顎にカウンターのパンチを叩き込む。

(どうした、戦え、城戸！　それが仮面契約者の運命なんだ。他の選択肢はあり得ない！)

攻撃力ならナイトの方が上だったが龍騎は非常識なまでに打たれ強い。

何度殴られても蹴られてもその度に起き上がって突っ込んでくる。

蓮はそんな真司の打たれ強さを嫌悪した。

いかにも真司らしい。真司の鈍さ、図々しさを体現しているとしか思えない。

(なんでわからないんだ、蓮！　答えは簡単なんだよ！　戦いをやめればそれでいいんだ！)

そう叫びながら龍騎はナイトの腰にしがみついた。

こいつは本当に馬鹿だ、そう思いながら蓮は仮面の下で舌打ちした。

戦いを止めるためには戦うしかない。多分、殺すしかない。誰も死ぬまで戦いをやめない。そういう連中が仮面契約者になったのだ。

そんな単純な矛盾に真司は気付いていない。

もういい、こいつにはここで死んでもらおう。

ナイトは龍騎の顎を蹴り上げ、ウイングランサーを構えて龍騎の喉元に狙いをつけた。

次の一撃でケリがつく。

(悪く思うな。どうせおれたち契約者は最後のひとりになるまで殺し合わなければならないんだ)

だが、戦いは突然終わった。

ウイングランサーを振りかぶったナイトの体が分解を始める。

無数の黒い羽虫のような粒子がナイトの全身から湧き上がる。

(タイム・リミットか)

このままミラーワールドに居続ければ体中の細胞が分解し、無に帰することになる。

ナイトは目についた一番身近な鏡——駐車中の車のサイドミラーの中に飛び込んだ。

2

鏡から鏡へ——蓮はミラーワールドから自宅のマンションに帰還した。
帰還すると同時に変身は解除され、蓮はいつもの姿に戻っている。
暗い寝室のベッドの中に優衣はいない。
どこを探しても優衣の姿は見えなかった。
別に珍しいことではない。優衣が蓮の家に泊まっていくことは滅多になかった。
いつも知らないうちにいなくなる。
蓮は寝室に戻ってキャビネットの上の写真立てを手に取った。
そこに写っている女性の写真は優衣ではない。
小川《おがわ》恵里《えり》だ。
蓮が優衣と知り合ったのは事実上、蓮が恵里を失ったその日だった。
怪我を負って意識不明の恵里が運び込まれた病院で、優衣は看護師として働いていた。

恵里はそのまま意識を取り戻すことなく入院し、体中を酸素マスクや点滴のチューブで繋《つな》がれて、蓮は担当看護師になった優衣と見舞いに行く度に言葉を交わした。

恵里の具合を訊ねる蓮に優衣はいつも同じ返事をするだけだった。

「なにも変わったところはありません」

それは相変わらず恵里が植物状態であることを意味していた。

ある日、いつものように見舞いに訪れた蓮に優衣はいつもとは違う返事をした。

「さっき唇が動きました。もしかしたら秋山さんの名前を呼ぼうとしたのかもしれません」

嘘だ、と蓮は見抜いた。

この女はおれを慰めようとしている。毎日のように人形のような女を見舞うおれに同情している。

ふと、蓮は目の前の白衣に包まれたほっそりとした女を壊したい衝動を覚えた。

蓮の誘いに応じて優衣は非番の日に会うことを承諾した。そしてその日のうちに蓮に抱かれた。

初めて優衣の裸体を見た時、蓮は真っ白い肌のあちこちに残る無数の傷痕に驚いた。おそらくは自傷によるものだろうが、それにしても奇妙なのはその傷痕が全身に及んでいることだった。

二の腕や胸、腹部や太股などにそれほど大きくはないがはっきりとした傷が残っている。

蓮はなにも訊ねず、ただ、その傷痕に唇を重ねた。

「なぜ、おれに抱かれるんだ？」

何度めかのデートの日、ベッドの中でそう訊ねた。

「あなたには恵里さんがいる」優衣は答えた。「だから私を愛さない。それがいいの」

傷痕のことは聞かなかった。それは愛する者のすることだ。通り過ぎる者に傷痕は見えない。

あなたは私を愛さない、それがいいと優衣は言った。

それでいいと蓮は思う。

蓮は恵里のために戦っている。

蓮が仮面契約者になったのは恵里が入院して一週間ほど経った時のことだった。

その日、いつものように恵里を見舞って病院を出た蓮は恵里を殺そうと決心していた。

なによりも蓮は自分自身を殺したかった。そのためにはまず恵里を殺さなければならない。恵里を残していくわけにはいかなかった。

ドクターの言葉が正しければ恵里が回復する可能性は限りなくゼロに近かった。

植物状態としてこのままずっと生かし続けるか生命維持装置を外すか、ドクターはふたつの選択肢を提示した。

蓮は奇跡を信じるタイプではなかった。悩む時間は一週間もあれば充分だった。その間、蓮は一切の食事を取らず体重が二十キロほど激減した。元々細身だった蓮の体は研ぎ澄まされた針のようになり、ただ、眼だけが暗く鋭く光っていた。そのまま絶食を続けたなら蓮の存在は闇の中に消えてしまったに違いない。暗い眼光だけを残して。

そして残された眼は眠り続ける恵里を静かに見守るのだ。

だが、結局蓮は恵里を殺すことを選択した。

それが恵里の望みだと知っていたからだ。

恵里を殺すにしても、生命維持装置を外すのは論外だった。

自分の手で殺さなければならない。自分の手を汚さなければならない。恵里の首を両手で絞め、そのままその手で自分の首を絞めればいい。

自分で自分の首を絞める。それには強烈な意志の力が必要だろうが蓮には絶対の自信があった。恵里のいる場所に行けるのだ。

決行の日、蓮は久しぶりに食事をした。

ステーキハウスで血の滴るような肉を食べ、それから店を変えて恵里が好きだったオニオンスープとカルボナーラをゆっくりと時間をかけて味わった。

一度家に帰って二時間ほど仮眠を取り午後十一時を過ぎた頃病院に向かった。

空にかかった三日月を見上げながら蓮は夜道を歩き続けた。

途中、道に迷って足を止めた。

病院まではそう遠い距離ではないし何度も通ったことのある道である。それにもかかわらず方向感覚を失ったのは不自然に漂いはじめた紫色の霧のせいに違いなかった。

霧は足元から湧き上がって蓮を包み月を隠した。

まるで霧の箱に閉じ込められたように動けない。

突然、一陣の風が吹くと霧をかき分けて一本の道を切り開いた。

蓮はなにかに操られるようにその道を進み、やがて霧が晴れると目の前に古びた教会が出現した。

尖塔《せんとう》から伸びる十字架が夜空に向かって屹立《きつりつ》している。

一瞬、ここは死後の世界ではないかと疑った。

蓮はすでに恵里と自分を殺していて、これからこの教会でふたつの罪を裁かれる。

いや、違う、と蓮はすぐに思い直した。おれはまだ恵里を殺してはいない。

なぜなら喜びも悲しみも感じてはいない。胸にあるのはいつもと同じぽっかりと空いた穴のような虚無だけだ。

緑色に錆《さ》びついた教会の扉がゆっくりと開いて蓮を招いた。

教会の内部に足を踏み入れて蓮は思わず立ち止まった。

そこは鏡の部屋だった。

床も壁も天井も、すべてが鏡張りになっている。

よく見ると、鏡の表面はびっしりと血文字で覆われていた。

それは数限りない人間の『願い』だった。

絵馬に願いを書いて神社に奉納するように、教会の鏡は欲望の叫びで溢《あふ》れていた。愛を願う者、金を欲する者、出世への願い、健康や誰かの死を求める者、あらゆる種類の欲望が鏡から放射され、鏡に反射し、蓮はめまいを感じて立ち尽くした。

壁の鏡に蓮とは別の、誰かの影が浮かび上がった。それは黒い霧を圧縮したような、影として生きているような影だった。

どこにも主体はいない。ただ影だけが存在する。

死を覚悟した蓮に恐怖はなかった。

ふと、こいつは信用できると蓮は思った。なぜなら人間ではないからだ。

（お前の願いを書け）

影は蓮に語りかけた。

（それが契約の印だ）

蓮は言われるままに指先を嚙《か》み切り壁の鏡にたったひとつの願いを記した。

それと同時に蓮の手の中にコウモリをかたどったような金属のエンブレムが出現する。

（たった今からお前は仮面契約者となった。戦え。他の契約者とお前の願いをかけて。最後に勝ち残ればお前の願いが叶《かな》えられる）

蓮は奇跡を信じるタイプではない。だが、これは奇跡ではなかった。

なぜなら相手は戦えと命じたからだ。戦え、そして勝てと。

相手は願いを叶えたければ対価を払えと命じていた。

それは奇跡ではない。ビジネスに近い。

この時から蓮は仮面契約者—ナイトとして戦いはじめた。


「あの野郎、今度会ったらぶっ殺す」

蓮がミラーワールドから姿を消したあと、真司も現実世界に戻っていた。

美穂を見失った人けのない路上に帰還すると真司は全身の痛みに膝をついた。

蓮の攻撃を受けた顔や腹部がずきずきと痛む。

ミラーワールドで受けたダメージは現実世界に帰ってきてもある程度は残る。

痛みはふたつの世界を繫ぐもの、ある意味でミラーワールドの存在を証明する証拠なのだ。

「よ」

と、近づく人影に顔を上げた真司は、

「お、お前！」

と、声を上げげた。


ジージャンのポケットに両手を突っ込み、美穂がしれっとした顔で立っている。

「こんなとこでしゃがみ込んでなにしてんの？　蟻《あり》の観察？」

「そうそうそれそれ。いや～、働き者の蟻を見ていると勉強になります。ってそんなわけねぇだろ。んなことよりお前、おれの財布盗んだろ？　返せ！」

「なにそのノリ突っ込み。真司って、関西人？」

「ちげーよ。関西弁じゃねぇし。財布はどうした！」

「じゃあ、何人？　火星人？」

試しに美穂は言ってみた。

「そうそう。いや～、地球に遊びに来たんだけど迷子になっちゃってさ。ってやめろ！財布だよ、財布！　早く返せ！」

やっぱり、と美穂は思った。こいつは馬鹿だ。

美穂は真司の目の前でショルダーバッグを逆様にして中身を全部ぶちまけた。

化粧道具類やブラシ、メモ帳やヘアバンド、美穂自身の財布などが路面に散らばるが真司の財布は見当たらない。

「財布ってなによ。知らないし。大体さ、私が盗んだっていう証拠でもあんの」

「お前自身が証拠だろうが。お前ならやりかねないからな。そういうこと」

「じゃあ、どうぞ」

そう言うと美穂は両手を水平に上げ真司に向かってにじり寄った。

「な、なんだよ」

「身体検査。バッグの中になかったんだから。あとは体のどっかに隠してるかもってことでしょ。さ、どうぞ」

「その手に乗るかよ」真司はこっそりと半歩あとずさった。「おれが体に触ったら痴漢呼ばわりするんだろ」

「もう～、世話が焼けるなぁ」

美穂は真司の手を取って自分の胸に押しつけた。それからジーパンの股間のあたりにその手を導く。

「ほら。なにもないでしょ？　それともなにかあった？」

「な、なんてことすんだよ、お前！　頭おかしいんじゃないのか」

真司はびっくりして泡を吹いた。

「いいか、お前、もうおれに電話すんなよ。金輪際お前とは関わり合いたくない」

その言葉が終わらないうちに美穂は真司に抱きついていた。真司の唇に唇を重ねる。

「歯に青のりがついてたからとってあげたんだよ」

「お、お前……お前は変だ。絶対おかしい！」

辛うじて言葉が出た。細かく足が震えている。考えてみればこんな風に女性と触れ合うのは生まれて初めてのことだった。

「いいこと教えてあげる。あなたはきっと私のことが好きになる。絶対にね」

「誰が！　馬鹿言うな！」

次の瞬間、真司はくるりと背中を向けて走り出した。

この女はやばい。こんなのを相手にしていたらこっちの方がおかしくなる。

逃げるが勝ちだ。

走り去る真司の後ろ姿を美穂は腕組みをして見送っていた。

自然と笑いが浮かんで唇がほころぶ。

あの男は使える、そう思った。馬鹿だけど使える。

五百メートルほど走って真司は後ろを振り返って立ち止まった。美穂が追ってくる気配はない。

もう大丈夫だ、あ〜、怖かった。

念のためにもう少し走っておこうかと考えていると、ジーパンの尻ポケットに財布が入っているのに気がついた。

あいつだ、と真司は確信した。きっと、さっきキスした時に戻したのだ。

確かめてみると中身もちゃんと入っている。

一体なんなんだ、あの女
美穂が仮面契約者でなくてよかった、ふと、そんな考えが頭に浮かんだ。

もしあんな女が契約者だったら蓮や他の連中よりもずっとタチが悪い。どう対応していいのかわからない。

真司はほっとため息をついて自宅のアパートに向かって歩きはじめた。

それにしても、と真司は雲間に隠れそうな三日月を見上げながら思った。

契約者たちの戦いはこれからどうなるんだろう。どうすればいいんだろう。

あの戦いを止めるには……。

3

城戸真司が仮面契約者になったのは田舎から出てきて様々なバイトを経てひとりで始めた『なんでも屋』がようやく軌道に乗ってきた頃だった。

大した考えもなく起こした『なんでも屋』だったが、真司はこの仕事が気に入っていた。

仕事の内容が色々で飽きが来ない。朝、早く起きる必要もないし嫌な上司もいない。なによりもお客のほとんどが心から感謝してくれるのがうれしかった。

真司は愛想よく庭の掃除をし、犬の散歩をし、引っ越しの手伝いをし、老人の面倒を見、時には画学生の絵のモデルになったりした。

その日の仕事は初めての客からの依頼で部屋の掃除の手伝いだった。

手慣れた仕事だったので、真司はトレパンにトレーナーを着て、何枚かの雑巾と洗剤とタワシとバケツを手に家を出た。掃除道具をなにも持っていないお客が結構いるのだ。

真司は50ccの原付きを飛ばし、途中、路上ブースで宝くじを一枚買って指定された場所に向かった。

最近、仕事もうまくいっているしツイている。

この間はお客から結構な額のチップを貰《もら》ったし、今日は朝ごはんを食べていると天井から鼻の頭に小さな蜘蛛《くも》が落ちてきた。朝の蜘蛛は縁起がいいとたしかおばあちゃんが言っていた。

もしかしたら宝くじだって当たるかもしれない。

宝くじが当たったら、と真司は原付きを走らせながら想像した。とりあえずコンビニのアイスクリームを買い占めよう。アイスボックスに入っているアイス関連の商品を全部買ってやる。これこそまさに大人買いだ。

真司は子供の頃から氷菓子が大好きだった。

甘い味が唾液と混じってすっと消えていく感覚が心地いい。口の中が冷たくなるのも楽しかった。なんだか体が洗われていくような感じがする。

実家に居た頃はよく縁側に座っておばあちゃんが作ってくれたカキ氷をお腹が痛くなるまで食べたものだ。

電話で聞いた住所を元に、真司は原付きを停めて古びたアパートの階段を登った。

指定された部屋番号のチャイムを押しても返事がない。

名前を呼びながらノックするとその勢いにギッと軋《きし》みながら薄くドアが開いた。

途端に嫌な予感がした。まだ昼間だと言うのに隙間から見える室内は真っ暗だった。どろりとした闇が流れ出してくるような感じがする。

すいませ〜ん、と言いながら部屋に足を踏み入れたがなにも見えない。

しばらくして目が慣れてくると真司は暗闇の理由に気づいた。

窓に黒いカーテンが引かれている。真司は手さぐりで電気のスイッチを探したが明かりは点かなかった。

足の裏に痛みを感じた。携帯の明かりで照らしてみると小さな鏡の破片が刺さっていた。破片は床一面に散らばっていた。鏡だけではなくガラスの破片も混じっている。

真司は窓のカーテンを開けてみたが光は射さない。窓にべっとりと黒いペンキが塗られていて、さらにその上から何枚もの新聞紙が貼られていた。

室内には光を反射するものがなにもなかった。つまり、世界を映すものがなにもない。鏡の破片もよく見るとひとつひとつがヤスリで削ったように表面が白く曇っている。時計のガラスは粉々に粉砕され、テレビは新聞紙で覆われていた。

真司はもう一度依頼者の名前を呼んでみた。

隣の部屋で真司と同じくらいの若い男が天井から首を吊って真っ直ぐに体を伸ばしていた。

それからの数分間、自分がどんな行動を取ったのか、あとから考えてもはっきりとしない。

ただ、状況から見て警察と救急車を呼び、男を床に降ろして心臓マッサージをしたのは間違いないようだった。

男は意識を取り戻した。そして真司に腕を伸ばし、真司の手を握りしめた。

それから駆けつけた救急隊員に男を任せ、真司が警察で事情を説明して解放された頃にはすっかり夜になっていた。

真司は原付きで家への道を急ぎながら今日の出来事について考えてみた。

なぜあの人は自殺なんかしたんだろう、なぜ部屋は真っ暗で、鏡やガラスがことごとく壊されていたんだろう。

もっと早く連絡してくれればよかったのに、と真司は思った。

自分は『なんでも屋』だ。どんな相談にだって乗ったのに。

ただ、男の命を救うことができたのだけが慰めだった。

しばらくしたらもう一度男を訪ねてみようと真司は決心した。二度と男が自殺なんかしないように言ってやろう。なんだったら友達になってもいい。

いつの間にか紫色の霧が漂っていた。

真司は知らなかったが、それから起こったことは蓮が経験したのとほとんど同じだった。

　風が霧の中に道を作る。

　その道を行くと前方に古びた教会が出現した。

　真司はバイクを降りて教会の中へと忍び込んだ。目の前に何人もの真司が現れる。それは鏡の中の真司、そして鏡の中の鏡に映った真司だった。

　やがて鏡の迷宮の底の底の方から黒い影が現れて真司を見つめた。

　真司は少しぼんやりとしていた。もしかしたら霧に酔ったのかもしれない。

　ただひとつ、蓮と真司が違っていたのはすでに真司がエンブレムをその手に持っていたことだった。

（お前の願いを書け）

　影が真司に語りかけた。

　これは夢だ、と真司は思った。しかも特別な夢。

　夢の中に神様が現れ、真司の願いを叶えてやると言っているのだ。多分、人の命を救ったご褒美として。

　真司は指で鏡に願いを書いた。

（宝くじが当たりますように）

　その願いは血文字となって鏡に流れ、その時、初めて真司は自分の手に龍の顔をかたどったようなエンブレムが握られていることに気がついた。

エンブレムは刻印のように手の中に埋没していてそこから滲《にじ》んだ血が指先まで滴ってい
る。

これは夢ではない。

ようやく手の痛みを自覚して真司は我に返って影を見つめた。

なにがどうなっているんだ、一体奴は誰なんだ。

（お前が命を助けた男は仮面契約を放棄し、お前に譲った。お前が願いを書いたことで譲渡は成立した。たった今からお前は仮面契約者として戦わなければならない。お前はエンブレムの力により変身することができる。戦いに勝ち残り、最後のひとりになればお前の願いは叶えられる）

真司は手の中のエンブレムをじっと見つめ、あの時だ、と思い当たった。

首を吊ったあの男は息を吹き返した時、腕を伸ばして真司の手を握りしめた。

あの時、真司の手の中にエンブレムを残したのに違いない。

そう気づいても問題はなにも解決してはいない。なにがどうなっているのか相変わらずなにひとつわからない。

「ちょっと待ってくれ！　おれには全然話が見えない。仮面契約ってなんだ？　一体誰と戦えって言うんだ？　大体あんたは誰なんだ？」

真司の問いに答えることなく影は鏡の中に消えていった。

「ま、待て！」

真司は影を捕まえようとして鏡に向かって腕を伸ばした。

次の瞬間、エンブレムの放つ光に包まれ、真司の体はミラーワールドに転移した。

そこは左右が逆の世界、狂った星々の世界、音のない世界、体に染み込んでくる静寂のせいでめまいがするような世界だった。

その無音の空間で数人の異形の者たちが戦っていた。それぞれ異なったフォルムをしているが誰もが金属の仮面を被り、様々な形の武器を手に殺気を漲《みなぎ》らせて戦っている。

いつの間にか真司は自分もまた変身していることに気づき、パニックになって仮面を外そうとしてもがきはじめた。

息が苦しい。とにかく仮面を外して胸いっぱい深呼吸がしたい。

背中に衝撃を受けて真司は前のめりに倒れ込んだ。

振り向くとコブラの仮面の男が低い声で笑っていた。

（祭りだ。お前も楽しめ。いや、楽しませてくれ）

コブラの男は準備体操をするように首を鳴らし、指を鳴らした。鳴らした、と言ってもミラーワールドには音がない。真司は首と指の骨が鳴る、その想像の音を聞いただけだ。

コブラの男は倒れたままの真司の下腹に踵《かかと》を落とした。

ぐっと真司の喉元に胃液と血が逆流してくる。

男の攻撃は執拗《しつよう》だった。真司の下腹の一点を狙って何度も蹴りを落とす。そこには明らかな殺意と狂気が籠もっていて、ぞっと背中に悪寒が走った。

真司は素早く起き上がって男の腰にしがみついた。

しがみつくと同時に裏投げの要領で投げ飛ばされる。

(やめろ！　やめてくれ！　これはなにかの間違いなんだ！)

そう言う真司の叫びは声にならない。それでも真司は叫び続けた。

(おれはただのしがない『なんでも屋』だ。おもに人んちの掃除とか飼い主の代わりに犬の散歩をして生きている。だから元の世界に戻してくれ！)

(死ね！　なんでも屋！)

コブラの男がドリル状の剣を振りかぶった時、爆発が起こった。

丁度、男の足元で膨らんだ火炎は誰の攻撃かわからない。

おそらくはひとかたまりになって戦い続ける仮面契約者たちからの流れ弾だったろう。

真司はコブラの男と同時に吹っ飛び、激突したガードレールがぐにゃりと歪《ゆが》んだ。

真司は無音のミラーワールドに響きわたる仮面契約者たちの叫び声を聞いていた。それらは無数の殺意であり、恐怖であり、後悔であり夢であった。

入り交じり絡《から》み合った様々な感情が波動の弾丸になって真司の心臓を殴りつける。

(やめろ!)

真司は思わず叫んでいた。

(なんなんだよ、お前ら! やめろ! 戦うな! 頭を冷やせ!)

だが、真司の言葉に耳を貸す者は誰もいない。その声はどす黒い叫びの渦に巻き込まれてかき消される。

このまま永遠に戦いが続くかと思われた時、異変が起こった。コブラの男が道路脇のロードミラーに飛び込んだのだ。すっと水中に飛び込んだように男の姿が消えていく。

(あそこが出口か)

真司は男に続いて鏡の中にダイブした。


そこは人けのない夜の路上だった。

気がつくと真司は現実世界に帰還していた。

さっきまで乗っていた原付きバイクが道路の脇に横転している。

真司は体の痛みと手の中のエンブレムを確認して小さく呻《うめ》いた。

夢ではない。あの狂った世界はたしかに存在する。この世界と同じようにもうひとつの現実なのだ。

真司はまだ混乱していた。なんとか頭を整理しようと今日起こったことをひとつずつ思い出していると闇の中から足音が近づき、すぐに街灯の明かりが男の姿を照らし出した。

蓮は真司に歩み寄り、さらに歩み寄ってふたりの爪先が接触した。

「お前……新参者か？」

真司より背の高い蓮は暗い睫毛《まつげ》を伏せるようにして真司を見下ろす。

「な、なんだよ。お前、もしかしてあのコブラの男か？」

そう直感して真司は咄嗟《とっさ》に身構えた。もしそうならただではおかない。

「……違う。奴は王蛇《おうじゃ》と呼ばれる契約者だ」

「王蛇？」

「契約者の中でも一番いかれた野郎だ。奴に狙われて助かったのはラッキーだったな」

「じゃあ誰なんだよ、お前は？」

蓮が黙ったままだったので真司はまず自分から自己紹介をすることにした。

「おれは城戸真司。よろしくな。で、お前は？」

「おれたちは殺し合う仲だ。名乗り合っても仕方あるまい」

「なんだよ、それ、殺し合うって。おれは嫌だからな、そんなの。大体、なんなんだよ、なにがどうなってんだよ。さっきの世界はなんなんだよ」

真司は一気にまくし立てた。相手が誰でも構わない。自分の疑問に答えてくれれば。

「すべてお前が選択した結果だ。お前も祈りの鏡に願いを書いたはずだ」

「祈りの鏡？　あの、教会のか？　たしかに書いたさ。宝くじが当たりますようにってな。でも、だからってなんでこんなことになるんだよ」

「宝くじか。立派な願いだ」

蓮は唇の端で嘲笑した。「お前にひとつだけ忠告する。お前も契約者なら戦いを止めようとはしないことだ。無駄だからな。それに、ムカッ腹が立つんだよ。そういう偽善者《ぎぜんしゃ》にはな」

「偽善者？　なんだよ、それ。普通止めるだろ、ああいう場合」

「戦うのが嫌ならリタイヤすればいい。前の龍騎の奴のようにな」

「龍騎？」

「それが今のお前の名だ」

そう言い残し、蓮は闇の中に姿を消した。

翌日、真司はアパートで自殺しようとした男に会おうと病院を訪ねた。

聞きたいことがたくさんあったし、なによりもエンブレムを返したかった。

ミラーワールドで戦いを目にした時は咄嗟に止めようとしたが、できればかかわりたくないというのが本心だった。真司がしたいことは戦いではなかった。

『なんでも屋』として人助けができればそれでいい。

真司は病院の受付で男の死を知らされた。治療を受けて順調に回復した男だったが、突然ベッドから起き上がって鏡やガラスを割りはじめ、窓ガラスを割った勢いそのまま七階の病室から落下した、という。

自宅のアパートに戻ると真司は茶碗に塩を盛り、帰りがけに購入した線香を上げて男の冥福《めいふく》を祈り、それから改めてエンブレムを観察してみた。

龍の顔をかたどっているのは間違いないようだったが、金と銀の中間の色合いでひどく軽い。軽い割には頑丈だった。

手で曲げようとしても齧《かじ》ってみてもビクともしない。鋏《はさみ》で切ろうとしても火で炙《あぶ》っても無傷だった。

あれこれいじっているうちに真司は鏡を見てびっくりした。偶然鏡に向けたエンブレムが光を放ち、鏡面に文字が現れたのだ。

それは仮面契約者の戦いに関するルールだった。

一、契約者は最後のひとりになるまで戦わなければならない。
二、最終勝利者はどんな願いも叶えられる。
三、契約者は与えられたエンブレムをシンボルとするミラーモンスターと契約を結ぶものとする。契約者はミラーモンスターの力を得て変身する。

四、契約したモンスターには百二十時間に一度餌を与えなければならない。餌となるのは他のミラーモンスターかあるいは他の契約者の命である。
五、第四条を実行できない場合、契約者自身が契約したモンスターの餌となる。
六、バトルを希望する契約者は変身してミラーワールドに行くことでその意志を他の契約者に伝えることができる。
七、契約者がミラーワールドで存在できる時間は五分である。それを過ぎると契約者の肉体は消滅する。ただし、一度現実世界に帰還すれば再び五分間の生存が可能となる。これは二十四時間のうちに三度繰り返すことができる。
八、人間時の戦いは禁止とする。バトルは飽くまでもミラーワールドで行わなければならない。
九、契約者が望めば契約を解約することができる。ただし、その場合、契約を受け継ぐ他の人間を見つけなければならない。

4

城戸真司は山間の町で生まれた。町よりも村と言った方が相応しいような小さな町だった。

山に囲まれた盆地に点々と人家が散在し、その間を縫うようにさらさらと清流が通っている。夏になればこの土地の名産物である林檎《りんご》が果樹園に赤くともり冬は綿布団のような雪が町を覆った。

真司は祖母の手で育てられた。祖母ひとり、真司ひとりの家庭だった。

両親は真司がまだ一歳に満たない頃に亡くなっていた。旅先での交通事故だった。友人の結婚式に出席するために東京に行き、無事、式が終わって車でホテルに向かう途中、高速道路の玉突き事故に巻き込まれたのだ。

両親の車の前には農耕馬を輸送中のトレーラーが走っていて、大破したトレーラーから飛び出した農耕馬が両親の車を押し潰した。駆けつけた救急隊員がもがき苦しむ馬を撤去

した時、真司の父親と母親はお互いを庇《かば》うように抱き合った形で息絶えていた。

両親の死は幼い真司になんの影も落とさず、真司はすくすくと成長した。

夏には友人と一緒に川で遊び、春には山で山菜を摘み、冬になればかまくらを作ったりと忙しく遊び回った。

祖母とふたりきりの生活になんの不満もなかった。

祖母はおばあちゃんらしくないおばあちゃんだった。いつも着物姿のその体は町の誰よりも背が高く誰よりも体重が重かった。祖母はそのグローブのような手で真司の頭を撫《な》で、真司のために半纏《はんてん》を縫い、包丁を握って真司が川で釣ってきた魚を捌《さば》いた。

祖母は真司を叱るということが滅多になかった。子供にはみんな神様がついていて子供の教育は神様に任せておけばいいというのが祖母の言い分だった。

下手に子供をいじくると神様がどこかに消えてしまう。

祖母は町民たちの尊敬を一身に集めていた。山間の町がまだ村と呼ばれていた頃、村長を務めていた夫が病気で亡くなり、自然とそのあとを継いだという事情もあったが、誰もが祖母の人柄を愛していた。

真司の家には毎日のように町の誰かがやって来た。

人々は様々な悩みを祖母に相談し、そのお礼として果樹園の林檎や山で捕れた獣《けもの》の肉やその日作った自慢の料理を持ってきた。

そんな人々の好意が真司の家を支えていた。祖母はかつて夫と共に花火師として働いていたが夫の死と同時に引退していて、真司の両親が多少の蓄えを残したとは言え、その生活は楽ではなかった。

祖母の人徳と真司の生来の明るさのおかげで、真司は町の人々に可愛がられた。どの家も真司を息子同然に扱った。真司にとって、町全体がひとつの家族のようだった。

いつもは優しい祖母だったがひとつだけ例外があった。

真司の家には花火小屋と呼ばれる火薬庫があったが、祖母は真司がそこに入ることだけは許さなかった。小学生の頃、真司は一度だけ花火の秘密を知ろうと小屋に忍び込んだことがあった。それを知った祖母は仁王のような形相で真司を叱った。小屋には町全部を吹っ飛ばせるほどの火薬があり、祖母に言わせれば人間とは時として知らず知らずのうちに火花を発する生き物だった。

真司は年に一度の林檎祭りが大好きだった。

祭りは林檎の収穫を祝い、町全体で行われた。

林檎をかたどった神輿《みこし》をみんなで担ぎ、山車の太鼓が夏の空に響きわたった。

真司はいつも先頭に立って神輿を担ぎ、太鼓を叩いた。

花火師を引退した祖母だったが、この日だけは町のみんなのために花火を上げた。

祭りの一週間ほど前から祖母は男としてふるまった。

祖母によれば花火の神様は女があまり好きではなく、男のふりをして神様の目を誤魔化す必要があったからだ。祖母は髪を角刈りにし、巨大な乳房にさらしを巻き、和服を脱いでスウェットを穿《は》いた。

真司の目から見ても祖母は本当に男になったようだった。声までが低く嗄《しゃが》れて、鼻の下にはうっすらと髭《ひげ》が生えてきた。そうして男になった祖母は町の青年たちを助手に使って花火を上げた。

高校生になると自然の成り行きで真司は町の『なんでも屋』になっていた。あちこちの家に遊びに行ってなにかと用事を手伝っているうちに嫌な顔ひとつしない真司をみんな便利に使いはじめた。

真司にはそれがうれしかった。真司にとって町の人々は家族だった。家族の役に立つのなら働くのが当然だった。

真司が高校二年生の頃、町の過疎《かそ》化が始まった。

果樹園に持ち込まれた一本の苗木が原因だった。

それは新しく品種改良されたもので、うまくいけば収穫が倍になるという苗木だった。苗木を持ち込んだ業者に悪気はなかったに違いない。ただ、その苗木の根に未知の害虫が付着していたのを見逃していただけだった。

その害虫はあっと言う間に繁殖し、果樹園の木々に壊滅的な被害をもたらした。林檎の樹をまた一から育てるには何年もかかる。

元々林檎を育てること以外生活の手段を持たなかった住人たちは次々と町を捨てて移住を始めた。

真司は誰かがいなくなる度に心を痛めた。真司には自分の力不足のせいで人々が出ていくように思え、なお一層、みんなの役に立つよう努力した。

真司は特に町の人間関係に気を遣った。果樹園がなくなっても町民が一致団結して助け合えば生き残れると信じていた。

真司は友人たちの喧嘩《けんか》の仲裁をし、家同士のいざこざの解決に尽力し、子供たちと一緒に遊び、年寄りの茶飲み友達になり、病人がいれば看病に努めた。

だが、そんな真司の行動を誰もが喜んでいたわけではない。

何事にも一生懸命な人間が往々にして嫌われるように、真司をうるさがる者も多かった。特に友人たちがそうだった。真司はやりすぎたのだ。

そうなると真司はますますムキになり、それがまた反感を買った。

祖母だけが真司を応援していた。真司の尽きることないエネルギーと心根の良さを愛していた。

果樹園が壊滅し、町の住人が半分になった年も林檎祭りは行われた。

それは収穫を祝うというより木々の再生を祈る祭りになったが、祖母はそれまで通り祭りの一週間前から男になった。

真司の友人たちはそんな祖母をあざ笑った。あの女は本当に男なのではないか、女にしては体が大きすぎる、大体、髭が生えてくるとはどういうわけか。

おい、真司、あれはばあちゃんじゃないぞ、じじいだぞ、それともなにかの化け物か
喧嘩になった。祖母の悪口だけは許せなかった。

真司は鼻の骨を折り、三人の友人たちも体のどこかを骨折した。

祭り当日、祖母は男装を解き、普段の着物姿で現れた。きちんと髭を剃《そ》り、唇には真っ赤な紅を引いていた。

真司の喧嘩の原因を知り、祖母は女に戻ったのだ。

そして祖母が特大の三尺玉に点火した時、花火が暴発した。

地上で紫色の炎が膨らみ、祖母の体を飲み込んだ。祖母は顔と腕に火傷を負い、右目を失くした。熱で焼かれた眼球が眼窩《がんか》の中で破裂したのだ。

それからしばらくの間真司は家に引きこもった。自室のドアに鍵をかけ、町の人々が訪ねて来ても顔を出そうとはしなかった。

全部自分のせいだと真司は思った。自分の喧嘩のせいで祖母は片目を失った。

真司はなぜ果樹園が枯れたのか人々が町から去っていくのかを考え、それも自分が悪いと結論した。

おれは町の人々に好かれたかった、本当にみんなの幸せを考えたことがなかった、だからおれが悪い。

真司が引きこもっている間にも何人かの人々が町を捨てて出ていった。

一ヵ月が過ぎると真司は夜、家を抜け出して山に登った。

山の頂上に立って町全体を見下ろしてみた。昔は暗い盆地の空間に家々の明かりがひしめいていたがそれも随分少なくなった。まるで死にゆく者の眼のようだった。死を前にした眼から次第に光が失われていくように、町の明かりがなくなればそれは町の死を意味していた。

真司は失われた祖母の眼を思った。眼球の消えたその眼窩にはスプーンで掬《すく》えるようなどろりとした闇が溜《た》まっていた。

夜、毎日のように山に登って町を見下ろしているうちに、ふと、真司は花火小屋の火薬を思った。あの火薬で町の全部を吹き飛ばしたい衝動を覚え、そんな自分にぞっとした。

ある夜、山から下りる途中で豪雨に遭い、雨宿りの場所を探しているうちに鍾乳洞《しょうにゅうどう》を見つけた。

元々町を囲む山々にはいくつかの鍾乳洞が存在し、真司も子供の頃、よく友達と一緒に探検したものだったが、そこは未知の洞窟だった。

狭い入り口を進むとすぐに広大な空間に出た。

暗い天井と地面から石のつららと石筍《せきじゅん》がびっしりと牙のように生えている。

洞窟内は予想外に深く、蟻の巣のように広がっていた。

真司はなにか巨大な生き物の体内に落ちていくような錯覚に陥った。食道から胃袋へ、胃袋から大腸へ、さらに血管の中を進むうちに真司は帰路を失った。

最初のうちは迷子になった自分を楽しんでいたがやがてパニックに襲われた。

おそらくここは誰も知らない鍾乳洞だ。このまま誰にも発見されず、白骨になってしまうかもしれなかった。

幸いなことに岩から滲み出る地下水のおかげで飲み水には困らなかった。空腹を覚えると水溜まりに潜む真っ白いサンショウウオを飲み込んだ。

真司は時間の感覚を失っていった。遭難してからどれくらいの時間が経ったのかわからない。

そのうちに斜面から転がり落ちて足を挫いた。

ああ、これで死ぬんだと覚悟を決めた。不思議と恐怖は感じなかった。むしろ町に尽くすことができなかった当然の罰として受け入れた。

膝を抱えて横たわった真司の体を鍾乳石から滴る水が濡らしていく。

そう言えば、と真司は思い出した。鍾乳洞の水には石灰が含まれていると学校の先生が教えてくれた。このまま何百年か経てば真司の体は薄い石灰に覆われて人間の形の石になるかもしれなかった。

うつらうつらしていると祭りの音が聞こえてきた。

真司はハッとして顔を上げた。

間違いない。たしかに聞こえる。太鼓の音、鈴の音、人々の歓声、あれは林檎祭りの音だ。

でも、なんか変だな、と真司はぼんやりした頭で考えた。

林檎祭りならついこの間終わったばかりだと思っていたが、それともまさか鍾乳洞に迷い込んでもう一年になるのだろうか。

真司は音に向かって這《は》いはじめた。音が大きくなる方を探して這い続けた。

どれくらいの時間が経ったのかはわからなかったが、気がつくと目の前に光が見え、洞窟から這い出した真司は町の捜索隊に救出された。救出されると同時に意識を失い、運ばれた病院の一室で三日の間眠り続けた。

実際のところ、真司が行方不明になってから三週間が経過していた。

目を覚ました真司が最初に訊ねたのは林檎祭りのことだった。

洞窟の中でたしかに祭りの音を聞いたと言う真司を、医者は頭がおかしくなったのではと心配した。

祭りは真司が行方不明になる前に終わっていた。林檎祭りは夏の盛りに行われる。今はもう夏の終わりだ。

真司が退院して少ししたある日、祖母は珍しく話があると言い真司を居間に呼びつけた。

畳の上で正座した真司の前に祖母は通帳と印鑑を差し出した。

それは真司の両親が残した蓄えのすべてだった。

わけがわからない様子の真司に、お前は町から出ていかなければならない、と祖母は語った。

お前は洞窟で祭りの音を聞いたそうだが、それはお前の中の音だ、と祖母は続けた。病院で眠るお前を見舞う度にお前の中からどんっどんっと太鼓の音が聞こえてきた、その音を聞いたのは私だけだ、私だけがお前が発する祭りの音を聞くことができた、それは私が片目だからだ、私は片目になって以前よりずっと賢くなった、私の目の穴の中にお前の祭りの音が響きわたった、魂が太鼓のように鳴る者など滅多にいない、だからお前はこんな町にいるべき人間ではない、世のため人のために尽くさなければならない、なにも心配することはない、なにも考えるな、今までと同じように生きればいい、私はお前が町のために頑張ってきたのを知っている、それでいい、今度はもっと広い場所に出てもっと多くの人々のために尽くせ、この世には不幸が渦巻いている、世界を祭りの場にして不幸な人々を救ってやれ、お前ならきっとそれができる、お前の音を、世界中の人々に聞かせてやれ

5

真司は鏡に映った契約者の戦いのルールを三度繰り返し熟読した。

それから冷蔵庫から取り出したペットボトルのお茶を一気に飲み干し六畳一間の部屋の真ん中で胡座《あぐら》をかいてため息をついた。

窓からの夕日が真司の体をくすんだ橙色に染め上げている。

それにしても、と真司は思った。一体誰の仕業なんだろう、仮面契約者の戦いはどこの誰が仕組んだのか？

戦いを勝ち抜き最後のひとりになればどんな願いでも叶うと言う。

「これは詐欺だな」

真司は声に出して呟いた。

「詐欺だ」

大体、そんなことが可能であるはずがない。神か悪魔の仕業でない限りは。

では、もし、本当に神か悪魔が戦いを仕切っていたとしたら？

真司は鏡の教会で出会った影のような存在を思い出した。

あいつは一体、どこの誰なんだろう。神か悪魔かと言えば、きっと悪魔に違いない。神がこんなひどい戦いを仕組むはずがない。

真司はエンブレムを鏡に向けて鏡面に映った戦いのルールを改めて読み直した。戦いから抜けるためには代わりの契約者を探さなければならないという。

あの、自殺した男が真司にエンブレムを渡したように。

そんなことはできなかった。自分が嫌なことを人に押しつけてはいけない、当然のことだ。じゃあ、一体どうすればいいんだ
普段はあまり頭を使わない真司が顔が真っ赤になるほど考えを巡らせていると鏡の中に異変が起こって『うわっ』と叫んで尻餅をついた。不意に鏡の中に龍のようなモンスターが現れこちらに腕を伸ばしたのだ。

真司が咄嗟に身を引かなかったら鏡の向こうに引きずり込まれていたに違いない。

あいつがおれの契約モンスターか
真司はアパートで首を吊った男の奇妙な行動のわけに気づいた。なぜ鏡が壊され窓が塞がれていたのか。なぜ病室の鏡や窓を割ったのか。男はモンスターに捕食されるのを恐れていたのだ。窓だって鏡のように世界を映す。

「変身」

真司は鏡の前でエンブレムを構えた。

契約モンスターに餌をやらなければ契約者自身が餌になる。

モンスターに食われるのは真っ平だ。


真司は龍騎に変身してミラーワールドに着地した。

左右が逆の無音の世界がバランス感覚を狂わせる。

真司は船酔いに似た気分に見舞われて膝をついた。

今、龍騎が立っているのは公園の底の浅い池の中だった。

着地すると同時に広がった波紋が水面の景色を壊していく。

右が左になり左が右になって、ミラーワールドでは水に映った方が本当の世界だ。

波紋の広がりが龍騎自身の影を壊し、大きく枝を広げた桜の木々を歪め、雲を縮めてふたりの仮面契約者の姿を壊した。

ファムとインペラーはおよそ五メートルの距離を隔てて対峙《たいじ》していた。

白鳥のように優美なファムに比べ、インペラーはねじれた角の生えた獣のような姿だった。

インペラーは両手に短剣を握りファムに向かって突進した。

その疾走に合わせて水面の花びらが水飛沫《みずしぶき》と一緒に跳ね上がる。
胸と腹を狙って突き出されたインペラーの短剣を、ファムの薙刀《なぎなた》が弾き返した。
ファムはプロペラのように薙刀を回転させてインペラーを狙った。
インペラーは一気に間合いを詰めてファムの腹に蹴りを撃ち込む。
ファムは翼を広げて大きく後方に飛び上がった。
舞い上がった真っ白い羽根と桜の花びらがインペラーの周囲で檻のように渦を巻く。
狼が飛び立つ白鳥に襲いかかるようにインペラーはファムに躍りかかった。
(奴は……女か!)
真司はファムを見つめながらそう思った。
強化スーツに包まれても、その体には女の形が残っている。
龍騎はファムを組み敷くインペラーの背後から飛びかかった。
(やめろ! 女を殴るな!)
インペラーは振り向き様龍騎を蹴り飛ばし短剣を放った。
咄嗟にのけぞり体勢を立て直すとガツンと頭部に衝撃が走る。
龍騎に拳を叩き込んだインペラーは再びファムに襲いかかった。
ファムは振り降ろされるその短剣を薙刀の柄で受け止めた。
インペラーはギリギリと短剣に力を込め、ファムの体勢が低くなる。

（やめろ！）

そう叫ぶ真司の脳に勝利を確信したインペラーの笑いが染み込んできた。

インペラーの短剣がゆっくりとファムの顔に近づいていく。

一瞬、真司の脳裏に薙刀を押し切った短剣がファムの仮面を断ち切る映像が浮かび上がった。

（跳べ！）

真司の中で誰かが命じた。

それが契約モンスター、ドラグレッダーの声だと直感すると同時に、龍騎は空高くジャンプしていた。

龍騎の体が太陽に重なり、その背後から赤色の巨大龍─ドラグレッダーが出現する。

ドラグレッダーは儀式の始まりを告げるように体をくねらせて龍騎のまわりを回遊した。

次の瞬間、ドラグレッダーの吐息が龍騎を押した。

その吐息は凄まじい炎になり、龍騎は炎の奔流に乗ってインペラーに向かって落雷した。

気配を察したインペラーがこちらに向き直ると同時に龍騎の蹴りがぶ厚い胸板を貫いたのだ。

インペラーは地面にめり込むように大の字に倒れて動かない。
(お、おい! しっかりしろ!)
真司は自分の攻撃力に驚きながらインペラーに走り寄った。
ミラーワールドから脱出したのか、いつの間にかファムの姿は消えている。
龍騎の腕の中でインペラーの仮面は黒い霧となって消滅した。
仮面の中から現れたのはどこにでもいるような平凡な青年の顔だった。
(なんでこうなるんだよ)
青年は龍騎の腕にしがみついた。
まるでそれが唯一の命綱とでもいうようだった。
(おれは……ただ、幸せになりたかっただけなのに)
青年の顔が黒い霧となって消えはじめる。
(おい、待て! 死ぬな!)
真司は霧を摑《つか》もうと手を伸ばした。
顔が消え、腕が消え、脚が消える。
真司はなにも摑めなかった。

その翌日、真司は龍騎を真司に押しつけた男、病室の窓から転落死した男のアパートに足を運んだ。

別にはっきりとした理由があったわけではない。一応、龍騎であることについて、契約者の戦いについてもっと詳しい情報が欲しいという気持ちはあったが、ただなんとなくと言った方が近い。もしかしたら霧となって消えた青年と男の姿が重なって、男の身の上を知りたくなったのかもしれなかった。もちろん男には会えないが、なにか手掛かりが残っているかもしれない。

真司はアパートの前で立ち止まった。

アパートは真っ黒に燃え落ちていた。数本の骨組みだけが辛うじて支え合うようにして立っている。

不審火だったと、通りかかった近所のおばさんが教えてくれた。

真司はアパートの残骸を見つめながらやはり火事で焼失した実家のことを思い出した。家を出てから一年後、故郷の駐在から連絡を受け、真司は実家の火事と祖母の死を知らされた。

慌てて帰郷した真司を迎えたのは一本の大黒柱だった。

真っ黒い焼け跡にその柱だけが古代のドルメンのように立っていた。

ばあさんは片目だったからな、と町に残った最後の家族が佇《たたず》む真司に語りかけた。

片目だと距離感が摑めない、だから火を使うのが危ないんだ。

実家がなくなり祖母が死んで二年になる。

真司は男のアパートの残骸を見つめながら祖母の言葉を思い出した。

この世には不幸が渦巻いている、世界を祭りの場にして不幸な人々を救ってやれ、お前ならきっとそれができる、お前の音を、世界中の人々に聞かせてやれ
インペラーの青年は真司の腕を摑みながら死んでいった。

真司の腕にはまだその痛みが残っている。

戦いを止めてやる、そう真司は決心した。

6

また美穂から連絡があった。

美穂が真司の唇を強引に奪い、あなたはきっと私に惚れると不吉な予言をしたその夜だった。

もう二度と電話するなと真司が言いわたしてからまだ五時間しか経っていない。

「ねぇ、ラーメンでも食べない」と電話の向こうの美穂が言い、真司は「ふざけるな」と声を荒らげた。

真司は相手が誰だろうと電話を無視するようなことはしない。どんな用件でもきちんと話をつけなければ気が済まない。

「お前、人の話聞いてんのか？　さっきもう電話するなって言ったばっかじゃないか」

「真司はなにが好き？　醤油？　塩？　味噌？　ベジポタってのもあるけど」

電話の向こうで美穂が訊ねる。

「なんだよ、それ？」

「だからラーメンだよ、ラーメン」

「そんなの醬油に決まってんだろ。おれは『醬油ラーメン以外食べない会』の副会長なんだ。日本人だからな」

「わかった。おじさん、醬油ふたつ」

おじさん？　醬油ふたつ？

「お、おい、お前、なにやってんだよ」

「なにって、ラーメン頼んだんだよ。真司の分も。早く来ないと伸びちゃうよ」

ちょっと待て大体お前はどこにいるんだと訊ねるとすぐ隣のラーメン屋にいるという。

真司が慌てて行ってみると丁度二人前のラーメンができ上がったところだった。

出されたものを食べないわけにはいかない。

真司は美穂と並んで食べはじめた。

「日に二度も会うなんて私たちラブラブラブだね」

「そうそう。超ラブラブ……って、んなわけねぇだろ。いいか、ラーメン食ったらすぐ帰るからな」

「そんな怒んないの。ほら、ラーメン一本あげるから」

美穂は割り箸で器用に一本の麵を摘んで真司の丼に放り込んだ。

「なんで麵一本なんだよ。ここはチャーシューだろ、普通」

「え〜、やだ〜。私、肉食系女子だもん」

ふと、真司は箸を止めて店の親父に話しかけた。

「あれ？　そう言えば親父さん、スープの味変えた？　なんかいつもよりいい匂いがするけど」

いや、変えてないよ、と親父が答え、

「それ、私の匂いじゃない？」

と美穂が続けた。

「お前の？」

「うん。ほらほ〜ら」

と美穂は両手をうなじに回し、腎臓の位置まで伸びた長い髪をふわりと広げた。

たしかに美穂の匂いだった。

「なんだよ。威張るな。要するにお前はラーメン臭い女だってことだろ」

「あなた、ラーメン嫌いなの？」

「大好きだ」

「ならいいじゃない」

「たしかに」

ふたりのやりとりに店の親父はぷっと吹き出し、おふたりさん、面白いね、漫才みたいだね、そう言ってサービスの煮卵をふたりの丼に入れてくれた。
またか
と、真司は不思議そうに煮卵と親父の顔を見比べた。
この女と一緒にいるとなぜか漫才になってしまう。

真司が美穂と初めて会ったのは十日前、『なんでも屋』としての真司に仕事の依頼をしてきたのがきっかけだった。

「どのような依頼でしょうか？」

と電話口で訊ねる真司に美穂はとにかく会って話したいと言って待ち合わせの場所を指定した。

「『ニャーゴの部屋』？」

と真司は聞き返した。

「そう。『ニャーゴの部屋』のミミコと言えばわかるわ」

指定された住所を頼りに行ってみるとそこは真司の家からそう遠くない商店街の一角の、ピンク一色の建物だった。

ガラス張りのドアの表面に『ニャーゴの部屋　とっても快楽』とペイントしてある。

もしかしてやばい系の店では、としばらく迷ったが、これは仕事だと言い聞かせてドアを開けると、受付の黒服がご指名はありますかと訊ねてきたのでミミコさんいますか、と答えるとカーテンで仕切られたブースに案内され、飾り気のない小部屋をそわそわしながら見回しているとやがてミミコが現れた。

頭にネコミミをつけたミニスカート姿のミミコは霧島美穂です、と本名で自己紹介し、真司がズボンを脱ぎはじめると馬鹿ねここはそういう店ではない、耳掃除屋なのだと説明した。

「耳掃除?」

「そう」

美穂は座布団の上で正座すると太股をぽんっと叩いた。そこに頭を乗せろと言う。

「はい」真司がごろりと横になって、美穂は竹製の耳掻《みみか》きで掃除を始めた。

「でも、知らなかったな」初対面の人間に耳の中をいじられることに若干の不安を覚えながら真司が呟く。「耳掃除屋なんて商売があるなんて」

「海外では普通にあるらしいよ」

美穂は耳たぶをぐいと引っ張り、真司の耳の奥を覗《のぞ》き込んだ。

「うわ〜、すっごい溜《た》まってる。やばいよこれ」

そう言えば最後に耳掃除をしたのはいつだったかな、などと考えていると意外な気持ちよさに真司は思わずため息をついた。このままでは眠ってしまう。

「で、仕事の話なんだけど」

そう言われて慌てて睡魔を追い払った。

じつはしつこい客に口説かれて困っている、そこであなたにはニセの彼氏になって欲しい、というのが美穂の依頼の内容だった。

「ニセの彼氏？」

真司は反射的に美穂の膝の上から体を起こした。

「ちょっと危ないじゃない。急に動いちゃ。耳掻きが刺さるよ」

「そういうのはやってないんで」

依頼を断ろうとする真司に、美穂はスカートをめくって太股のつけ根あたりを指し示した。肉付きのいいその箇所が紫色に腫れている。

殴られたの、と美穂は説明した。デートの誘いを断ったら
さらに美穂は男から受けた様々な被害についてまくし立てた。

干しておいた下着を盗まれた、給料をかすめとられた、卓袱台《ちゃぶだい》をひっくり返した、変な薬を飲まされた、変な店に売られそうになった、変な刺青《いれずみ》をされそうになった、愛犬を干物にされた。

「な、なんて奴だ！」

真司は燃え上がる怒りの上昇気流に乗って立ち上がった。ぶるぶると握り拳が震えている。

「この仕事、引き受けた。おれに任せろ！」

「素敵」

「で、そいつはどこにいるんだ」

「ここに来る」

「ここに？　いつ？」

「すぐ」

「すぐ？」

男はすぐにやって来た。

仕切りのカーテンを開けて狭い部屋に現れた男の姿をひとめ見て、真司は自分の怒りが急速に萎んでいくのを感じていた。

相手はどうみても七十過ぎの老人だったからだ。

君かね、ミミコちゃんの彼氏というのは？

真司が口を開く前に老人が訊ねた。

「そうそう」真司の代わりに美穂が答える。

傷の方はもういいのかな？

「傷？」今度は真司が聞いてみた。

ああ、この前一緒に焼き肉を食べに行った帰りに階段から落ちてしまってね、かえって申し訳ないことをしてしまった

真司にはすぐにピンと来た。さっき見せられた太股の痣《あざ》はその時できたものに違いない。

大体、考えてみれば美穂が言うようにしつこい客がいたとしても給料をかすめ取ったり卓袱台をひっくり返したり変な店に売り飛ばそうとするはずがない。それはヒモだ。犯罪者だ。目の前の老人はどう見てもただの人の良さそうなお年寄りだ。

「すいません」真司はその場で正座して頭を下げた。

「ぼくはこの人の彼氏なんかじゃありません。じつはただの『なんでも屋』で……」

「ちょ、ちょっとやめてよ、真司！」

そう言って美穂は老人に向き直って、「私たち、今、喧嘩中で。さっきまで別れ話してたの。だから謝ってるじゃない、真司！　これから目玉焼きは半熟にするから」

「そうそう。目玉焼きは半熟じゃないと。黄身のとこをじゅるじゅる吸うのが最高なんだ。……ってなんでそうなる！　おれたちはさっき会ったばっかかだろうが」

「嘘ばっかし。昨日だって一緒にディズニーランド行ったじゃない」

「そうそう。いや〜、良かったな。ビッグサンダーアドベンチャー……って違うだろ！」

それを言うならビッグサンダー・マウンテンだ、と老人が訂正した。ディズニーランドなら私もミミコと行ったことがある
「なに！　美穂、お前、浮気したのか？　なんて奴だ」

しまった、つい話の流れに乗ってしまった、と真司が後悔した時は遅かった。

一瞬、にやりと笑った美穂の顔がみるみるうちに涙目になっていく。

「ごめん、真司！　私、寂しかったの。真司が仕事ばっかかしてるから。もう二度と他の人とデートしない」

「す、すいません。ごめんなさい」

真司は改めて老人の前で土下座をした。だめだ。これ以上、付き合いきれない。もっともお調子者の自分も悪いのだけれど。

「ぼくたち、本当に今日会ったばっかなんです。おれ、『なんでも屋』で。ニセの彼氏になってくれって頼まれて。騙《だま》すつもりはないんです。ついこの女に乗せられて」

いや、悪いのは私の方だ、と老人は真司の肩を優しく叩いた。

年甲斐《としがい》もなくミミコさんにのぼせてしまった、でも、君たちを見て思い知った、君たちはお似合いだ、初対面でそこまで息が合っているカップルなぞそうはいない、君なら安心してミミコさんを任せられる、もちろんミミコさんにプレゼントした宝石や腕時計は返し

てもらう必要はない、困った時はお金に換えればいい、君たちの結婚資金にしてもいいんじゃないか、多分、相当の金額になるだろう、そうしてもらえれば私もうれしい、ミミコさん、君にはかえって迷惑をかけてしまったようだね、君の気持ちに気づかなくって悪かった、でも、私は君に会えて本当に楽しかった、ミミコさん、どうかお幸せに

7

契約者たちの戦いを止めようと決心した二日後、真司は街で蓮を見かけた。

借りていたDVDを返却した帰りに、偶然、病院から出てきた蓮を見つけたのだ。

あいつだ、間違いない
真司は原付きを停め、丁度、ヘルメットを被りバイクを走らせようとしている蓮を見つめた。

暗い刃物のような、あんな雰囲気の男はそうはいない。

真司は蓮のバイクを追跡した。

十分も走ると蓮は駐車スペースにバイクを停め、二階建てのマンションの一室に姿を消した。

真司は郵便受けのネームプレートで『秋山蓮』という名前を確かめ、迷うことなくチャイムを鳴らした。

まず、こいつから説得してやる、そう真司は意気込んでいた。ひとりずつ契約者を説得して戦いを止める。

あの野郎、居留守を使うつもりか

もう一度チャイムに指を伸ばした時、勢いよくドアが開いて真司の体を弾き飛ばした。

「貴様」

額を押さえてひっくり返った真司を蓮の暗い瞳が見下ろしていた。

「おれがお前の下手な尾行に気づかないとでも思ったのか？」

「だ、大事な話があるんだ、頼む、聞いてくれ」

「話などなにもない。言ったはずだ。おれたちは殺し合えばそれでいい」

真司は素早く起き上がり、蓮に嚙《か》みつくように顔を寄せた。

「ふざけるな！　そんなの変だろ。人間同士戦うなんて！　テレビゲームじゃないんだぞ！」

「そう言うお前も願いを書いたはずだったな。たしか宝くじだったか？」

真司を見下ろす蓮の目が薄く冷笑しているようだった。

「そ、それは……ど、どうかしてたんだよ、あの時は」

「ちなみになんの宝くじだ？　宝くじにもジャンボから地味なものまで色々あるが」

「そ、そりゃ地味な方だよ。ジャンボは高いからな」

「で、何等を願った？　五等でも当たりだが」

しまった、そう思って真司は蒼白になった。そこまで考えてなかった。いやいや、今はそんなことはどうでもいい。

「どうでもいいんだよ、そんなこと！　言ったろ、あれはどうかしてたんだ」

「どうかしているって言うのは当たっているようだな。なんせ戦いを止めようとしているぐらいだからな」

「どうかしてるのはお前の方だろ！　わかってるのか？　戦いに負けたら本当に死ぬんだぞ！　お前は死にたいのか？　それとも人殺しになりたいのか？」

「おれは願いを叶えたいだけだ」

「だからって殺し合っていいのかよ」

「そういう問題ではない。貴様はなにもわかっていない。いいか、契約者たちはみんな死んでも叶えたい願いを背負っているんだ。もう一度よく考えてみろ」

「だからって……」

「もういい」

真司の言葉を遮って、蓮は真司の腹部を殴りつけた。

「いいか、二度とここには来るな。おれに会いたかったらミラーワールドに来い。おれがこの手で殺してやる」

苦痛に呻《うめ》く真司に、蓮はそう言い残してドアを閉めた。

あいつ、やっぱりイカレてやがる

真司は痛みに堪えながらよろよろと階段を降りていった。契約者になったせいで人としての心をなくしてしまったに違いない、ただ戦いを止めようとしてもだめだ、まず、人間としての心を取り戻してやらないと。

階段の途中で真司は蠟《ろう》のように色の白い、ほっそりとした少女とすれ違った。

真司は足を止めて少女の後ろ姿を見送った。

不思議な少女だった。

階段の明かりが少女の影を白い壁に映している。その影が普通よりも色濃いように思われた。影が黒く燃え上がり、立ち上がってくるようだった。

優衣は蓮の部屋の中へと姿を消した。

一体、この女はおれに抱かれながらなにを想っているんだろう

優衣の寝顔を見つめながら蓮は思った。

少なくともおれのことではないのはたしかだ

優衣を抱きながら、蓮はいつも腕の中の女がふっと消えていくような幻想を抱いた。そ

んな女がおれを想うはずがない、おれに愛されないことを望むような女がおれを想うはずがない

優衣を抱きながら蓮もまた優衣を想ってはいなかった。恵里のことも考えてはいない。

蓮が見ているのは恵里が最後に見たであろう風景だった。それはきらきらと光る一本の銀色の線だった。その線を越えればすべてが終わるゴールライン、あるいはすべてが始まるスタートラインだった。

蓮は山の手の閑静な住宅街で、警察官の父親と父を深く愛する母親との間に誕生した。

蓮の生まれて初めての記憶は父親に肩車されて太陽を摑《つか》もうと腕を伸ばすその自分の手のシルエットだった。

蓮は太陽を摑めないと知ると、今度は手のひらの影が自分に向かって襲いかかってくるような錯覚を感じて泣きはじめた。

この記憶を、後年、蓮は自分の人生の象徴のように想うようになる。ある事件を境に光と影が逆転する人生そのもののように。

子供の頃、父親は蓮にとっての憧れであり誇りだった。

蓮の父親は誰もが認める理想的な警官で、また、理想的な父親だった。

父親は家からそう遠くない派出所に勤務していて、定期的に自転車で街を見回り様々な

犯罪を取り締まった。痴漢や空き巣を捕まえ、迷子を保護し、酔っぱらいや家出少年の面倒を見た。

蓮は父親の制服姿が好きだった。

それは父親の正しさの証明書であったし、また、兵士を想わせるその姿が単純に格好よかったからだ。腰に提げている拳銃がなによりも兵士であることの証拠だった。

いつもはホルスターに隠れている拳銃を抜いて構える父親の様子を、蓮は何度も空想した。父親が放った弾丸は、きっと悪そのもののような巨大な怪物を撃ち抜くのだ。

小学生の頃、蓮はよく学校帰りに友達と一緒に父親の派出所に立ち寄った。

別に用事があったわけではない。ただ、みんなに制服姿の父親を自慢したかっただけだった。

父親はいつも愛想よく蓮たちを迎えた。機嫌がいい時はお茶とお菓子をふるまってくれたし、暇な時はみんなの宿題を見てくれた。

父親が非番の時は一緒に朝早く起きて釣りに行った。

最初の頃、蓮は父親との釣りが苦痛だった。父が好んだのは渓流釣りで、ポイントに辿《たど》りつくまでには車から降りて長い時間山を登らなければならなかったからだ。

「釣りは楽しい。だから苦痛も必要だ」

不満顔の蓮にそう父親は言った。

父親は山を登りながら様々なことを蓮に教えた。

山菜の種類、毒キノコの見分け方、鳥や花の名前、雪山の登り方や苦痛を乗り越える方法……。

父親が最も熱心に蓮に叩き込んだのは苦痛に耐え抜いて新たな活力を獲得することだった。山を登りながら、父親は蓮がどんなに疲れても休むことを許さなかった。逆にさらに険しい道を選んで進んだ。蓮は苦痛のハードルを越えていくとふっと体が楽になる瞬間が訪れるのを知り、やがてそれを方法論として身につけた。

中学に上がる頃になると蓮は父親と同じペースで山を登れるようになっていた。蓮の父親はまず肉体を通して息子を教育していくタイプの男だったのだ。

母親はふたりが釣った魚や山で摘んだ山菜を手際よく料理して食卓に並べた。

蓮が知る限り、両親が喧嘩したことは一度もなかった。

母はできる限り父に寄り添い、ただ、寄り添っているだけで満たされていた。

母はいつも笑顔を絶やさなかった。そしてなんであれ家事を完璧にこなした。

両親にとって蓮は自慢の息子だった。

健康で素直で明るく、学校の成績も優秀だった。男女を問わず友人も多く誰に対してもソツなく接した。

心配というほどではなかったが、両親は蓮に特別に仲のいい友人がいないのが気になった。

人には明るく接したが蓮は友達の相手をするより愛犬のジョンといる方が好きだった。他人との付き合いは少々面倒臭かった。犬の方が楽でいい。

ジョンは父親の派出所に誰かが『落とし物です』と持ち込んだ犬だったが、飼い主が現れなかったので蓮の家で引き取った。

蓮は暇さえあればジョンを散歩に連れていき、子犬だったジョンが血統書付きと言ってもおかしくないような立派なシェパードに成長すると父親との渓流釣りに同行させた。

蓮とジョンは強い絆で繋がっていた。蓮が風邪を引けばジョンも風邪を引き蓮が体育の授業中に指を骨折した時にはしばらく片足を引きずっていた。ジョンは蓮の帰宅をいつも前もって知っていて、その三十分前からぴんと耳を立て体を低く構えて玄関口で待っていた。そうしてドアを開けて現れた蓮に飛びついて顔を唾だらけにするのだった。

秋山家の穏やかな日々に変化が起こったのは蓮が高校二年の頃だった。

その年は太陽が狂ったような熱線を放ち、記録的な猛暑日が続いていた。

異常に暑い夏の、その最も暑い日に蓮の父親の拳銃から一発の弾丸が放たれた。

父親が通報を受けて現場に駆けつけた時、犯人はすでに逃走したあとだった。

現場はパチンコ屋だった。血に染まった無数のパチンコ玉の上で息絶えている従業員の姿が父親の目に飛び込んできた。パチンコ台のガラスを叩き割った客を注意したところ、いきなり刃物で刺されたという。

父親はパチンコ屋の景品交換所の前で犯人を発見した。タンクトップの腕にドクロの刺青《いれずみ》をした男は景品交換所を襲撃し、札束をポケットにねじ込んで通りに出ると偶然出くわした老婆に刃物を振るった。

老婆が倒れると同時に父親は犯人に向けて発砲した。

即死だった。父親が放った弾丸は男の額を撃ち抜いていた。

事件は大々的に報道された。日本の警官はほとんどが勤務中に銃を使うことなく定年を迎える。

蓮の父親の場合、相手が前科のあるヤクザ者だったことと状況から見て適切な行動という判断が下った。

マスコミの報道熱も冷めた頃父親はまた元の派出所勤務に戻ったが、しばらくすると妙な噂を蓮は聞いた。父の様子がおかしいと言う。

ある日、蓮の父親は商店街の八百屋にやって来て大根やキャベツなど、次々に野菜を手に取って割りはじめた。野菜の中に凶器が隠されているかもしれないというのがその理由だった。

また、別の日には巡回中に肉屋や時計屋に立ち寄って冷凍室に吊るされていた豚の腹を裂いたり柱時計の針を外させた。

父に言わせれば豚の体内は凶器を隠す絶好の場所であり、また、時計の針は凶器になりうる。

「蓮」

その夜、蓮は父親の声に目を覚ました。父が蓮の部屋に来るのは滅多にないことだった。もう真夜中を過ぎている。

「木下《きのした》は生きている」

父の言葉に蓮は噂が正しかったことを知った。木下というのは父親が射殺したヤクザ者の名前だった。

いいか蓮、よく聞け、奴は死んじゃいない、おれは急所を外して撃ったんだ

今、奴はおれに復讐する機会を狙っている、町の誰かになりすましてな

なりすます？

蓮には意味がわからなかった。

ふりをしているんだよ

そう言われてもわからない。だが、父親は構わず話を続けた。

おれが見たところ魚屋の田村《たむら》が怪しい、あいつは本当は木下だ、奴は魚の腹の中に刃物を隠しておれを刺そうと狙っている

最後に父親は蓮に田村を尾行するように命令した。

他にも怪しい奴がいて手が回らないんだ、お前も力を貸してくれ
蓮は母親に相談した。

母も父の変貌に気づいていた。

味噌汁がぬるいと言って平手で頬を殴られたという。父が母に暴力を振るうことなど今までにないことだった。

母は涙を拭きながら蓮に懇願した。

お父さんの言うことを聞いてやってくれ、あの人は人を殺した罪の意識に苦しんでいる、それはあの人が優しいからだ、きっと、そのうちに元に戻る、だからそれまでお父さんを支えてやってくれ
そう言われても蓮は顔見知りの魚屋の尾行をする気にはならなかった。

仕方なく学校帰りに何度か店に顔を出し主人と言葉を交わしたが、当然、変わったところはなにもない。

「田村の様子はどうだ?」

父親に聞かれても蓮は適当に言葉を濁し、そんな息子を、父親は冷たい眼差しで見つめていた。

そのうちに蓮は奇妙なことに気がついた。学校の行き帰りやジョンの散歩の際に誰かの視線を感じるのである。何者かが尾行をしているようだった。

犯人を捕まえたのはジョンだった。

散歩の途中、リードを振り払って走り出したジョンは物陰に潜む犯人の脚に齧《かじ》りついた。

「父さん？」

「お前は蓮じゃない」

と、父親は言った。

翌日、蓮が帰宅すると庭でジョンが死んでいた。

ジョンは腹を真っ二つに切り裂かれ、柿の樹の下に制服姿の父親が佇《たたず》んでいた。

お前は蓮じゃない

父親は蓮に向けて銃を構えた。

考えてみれば息子になりすますのが一番いい、なかなか賢いじゃないか、おれが一番油断する相手だからな、息子はどうした、殺したのか、おれも殺すのか、だが、終わりだ、もう逃がさない、息子の仇《かたき》だ、今度は急所を外さない

父親は蓮を狙って発砲した。

次の瞬間、暴発した銃が父親の顔を吹っ飛ばし、柿の樹と蓮の顔に灰色の脳漿《のうしょう》が飛び散った。

蓮が恵里と知り合ったのは父親が死んで二年ほど経った頃だった。

蓮は大学進学を諦め、バイクショップで働いていた。中古、新車のバイクを販売し、ちょっとした修理をこなすという店だった。

母親はすでに再婚していた。相手はどこかのカルチャーセンターで知り合った男だった。

母親は深く男を愛していた。そしていつもにこにこと笑顔を絶やさず、なんであれ家事をソツなくこなした。

蓮の父親のことなどもう記憶にないようだった。要するに母親は誰かに頼っていないと生きていけない女だったのだ。

そんな母親を見るのが辛くて蓮は高校卒業と同時に家を出た。

その日、蓮がひとりで店番をしていると髪の長い真っ赤なツナギを着た女が故障したバイクを運んできた。

いつもなにかに驚いているような大きな目で女は蓮を見上げた。意志の強さを表すように薄い唇がキリッと強く結ばれている。

それが小川恵里だった。

「これは故障じゃない」バイクを調べて蓮は言った。「ただのガス欠だ」

蓮の言葉に憮然としていた恵里の表情がでへっと崩れた。

「あ〜、やっちゃった。このドジ女」

そう言って自分の頭をグーで叩く。

「あんた、随分大層なバイクに乗っているが、ナナハンのチョッパーなんて女が乗るもんじゃない。大体ガス欠を故障と思うような奴は原付きか、いや、自転車ぐらいが丁度いい」

「ふん。なによ偉そうに」

恵里は腕組みをして鼻を鳴らし、バイクを押して帰っていった。

父親が死んですぐ蓮は免許を取ってバイクを購入した。

バイクがジョンの代わりだった。

他の犬を飼う気にはなれなかった。愛する犬は生涯一匹だけでいい。

蓮は深夜の道路で思い切りスロットルを開けた。スピードを上げるに従って視野が狭くなってくる。見なくていいものが削り落ちていくようで、蓮はそんな感覚が好きだった。よく喧嘩もした。知らず知らずのうちに走り屋として有名になり、そうなると荒っぽい連中が近寄ってきた。

蓮は喧嘩が嫌いではなかった。少なくとも目の前の相手に集中できる。父親の死をきっかけにぽっかりと胸に空いた空虚感を忘れられる。喧嘩とバイクは蓮にとって救命ボートのようなものだった。

二度めに恵里がやって来た時、本当に彼女のバイクは故障していた。

「どう？　今度はガス欠じゃないでしょ？　ちゃんとした故障よ」

「威張るようなことか。お前、事故ったな」

それぐらいのことは見ればわかる。

カーブを曲がり切れなかったのだ、と恵里は恥ずかしそうに白状した。

「だから言ったろ。自転車にしろって」

「なによ。修理してくれるの、くれないの？」

「仕事だからな。やるさ。このままじゃバイクがかわいそうだ」

蓮はすぐに修理を終えたが、三度めに恵里がバイクを持ち込むまでそれほど時間はかからなかった。

「また事故ったな。しかもこの前よりひどい」

その三日後、

「またお前か」

その四日後、

「またか」

さすがに蓮は開いた口が塞がらなかった。

恵里のバイクは次第にダメージが大きくなり、恵里が脇に抱えるヘルメットの凹みの数も増えていった。

「お前、いい加減にバイクやめろ。このままだと本当に死ぬぞ」

「うん。やめる」

度重なる事故のせいで恵里はげっそりやつれていた。

「その代わりお願いがあるんですけど」急に丁寧語になって言った。

「私、一度でいいから思い切り走ってみたくて免許取ったんですけど、なんか才能ないみたいで。せめてあなたのバイクの後ろに乗せてくれませんか？」

「わからないな。お前がバイクをやめるのはお前自身のためだ。それなのになぜ条件をつける？」

「いいんですか、遺書に書いても」

「遺書？」意味がわからず聞き返した。

「はい。私、この次バイクに乗ったら死ぬような気がするんです。だから遺書を書いておきます。あなたが乗せてくれなかったからだって」

「脅迫だな」

「はい、脅迫です」

「わかった。乗せてやろう」

普段ならこんな脅迫に屈することはなかったが、笑ってしまうような展開の可笑しさに蓮は思わず頷《うなず》いていた。

約束の日、待ち合わせの場所に行ってみると恵里は大きく手を振って蓮を迎えた。

「よかった。来ないかと思った」

「約束は守る。死なれちゃ気持ち悪いからな」

恵里はブルージーンズに白いトップス姿だった。ツナギ以外の恵里を見るのは初めてだったがこちらの方がずっと似合う。やはりバイクに乗るタイプの女ではないのだ。

「それはなんだ？」

恵里が大切そうに胸に抱えている風呂敷包みを見て蓮は訊ねた。

「お弁当」

そう言われて少し困惑した。

蓮は適当にバイクを走らせてそれで終わりにするつもりだった。一緒に弁当を食べるとなるとそうはいかない。立派なデートだ。

蓮は恵里の手首に米粒がついているのを見て心を決めた。きっと朝早く起きて弁当を作ったのだろう。デートならデートで構わない。

蓮は二時間ほどバイクを走らせ、時々ひとりで訪れる湖の畔《ほとり》へと恵里を運んだ。穴場的な絶景ポイントであまり人影はない。

ふたりは紅葉を始めた楓《かえで》の下のベンチに座り弁当を広げた。

蓮は恵里が差し出すお茶を飲みながらおにぎりを食べた。タッパーにきれいに並んだおにぎりには鮭《さけ》と鰺《あじ》と金目鯛《きんめだい》が入っていた。料理上手な母親の影響でかなり味にうるさい蓮にもそれは満足できるものだった。三種類の魚を焼いてほぐしたのだろうが、鰺と金目鯛は味が薄いので醬油と味噌でからめている。

ちゃんとした家庭で育ったんだろうと蓮は想像した。

「どうしてバイクに乗ろうなんて思ったんだ?」

試しに蓮は聞いてみた。

「なんか」

「なんか?」

「平凡な自分を変えたくて」

思わず蓮は吹き出した。

「なにがおかしいのよ」

「いや、平凡な理由だからさ」

結局、とあとになって蓮は思うことになる。おれは恵里の平凡さを愛したんだ

それからふたりは秋の湖を前に色々なことを話し合った。

恵里にはあまり可愛くないふたつ下の弟がいる、父親は結構有名な商社の結構いい地位

にいる、母親は最近太ってきて愚痴っぽい、恵里自身は看護師を目指して看護学校に通っている。

「あなたは？」恵里が訊ねた。「どんな人？」

「ああ。父親に殺されそうになった」

「そうなんだ、大変だったね」

咄嗟《とっさ》に口を出た蓮の言葉に対する、それが恵里の応えだった。

蓮はその応えが気に入った。

その日は電話番号とメアドを交換して別れたが、二度めは蓮の方から声をかけてツーリングに出掛けた。

三度めは恵里の方からだった。そうやってふたりは交互に誘い合ってデートを重ねた。

デートはいつもふたり乗りのツーリングで、蓮が今までに見つけた絶景スポットに行って恵里の弁当を食べる、というものだった。

ふたりは紅葉の山々を望みながらサンドイッチを食べ、雪のチラつく海辺のあずま屋でおにぎりを食べ、満開の桜の公園でいなり寿司を食べた。

あるデートの帰りに事件は起こった。

街道を走る蓮のバイクを前後左右、四台のバイクが取り囲んだ。

すぐに蓮はピンと来た。

いつだったか蓮に喧嘩を売ってきた奴らだった。あの時はふたり組だったが今回は人数が増えている。

面倒だな、と思ったがどうしようもない。振り切ろうにもふたり乗りではバイクが重い。

「おい、しっかりつかまってろ」

恵里も異変に気づいてしがみつく腕に力を込めた。

「多分、喧嘩になる。だが、心配するな。おれが負けることはない」

蓮はススキが密集する川べりでバイクを停め、恵里はススキの茂みに身を隠した。すぐに四台のバイクが追いかけてくる。

茂みの中に潜んでいた恵里にはそれからなにが起こったのかわからなかった。

ただ、怒声を聞き、殴り合う音と悲鳴を聞きながら手を合わせて蓮の無事を祈っていた。やがて静寂が降りて、ぬっと蓮がススキの間から顔を出した。

「終わった。行くぞ」

そう言う蓮の顔は血塗《ちまみ》れだった。

私が手当てをする、未来の看護師なんだからときかない恵里を、蓮は仕方なく自分の部屋に案内した。

顔の打撲と擦り傷は軽傷だったが、ナイフで切られた腕の方は相当に深い。

私の手には負えない、病院に行こうと言う恵里をよそに蓮は自分で腕の傷を縫いはじめた。

「これぐらいなんてことはない。慣れてるからな」

ウイスキーで傷を消毒し、渓流釣り用の針と糸で縫合《ほうごう》していく。

その様子を見ているうちに、ふっと恵里は意識を失いドサッと床に倒れ込んだ。傷口の生々しさと溢《あふ》れる血に、貧血を起こしたのだ。

しょうがない奴

縫合を続けながら蓮は笑った。未来の看護師がこれぐらいで気を失ってどうする

口をぽかんと開けて祈りの形に手を合わせて倒れている恵里を見つめながら蓮は思った。

この女なら、好きになれるかもしれない

この出来事をきっかけにさらにふたりは親しくなった。ふたりの距離が縮まるにつれ、デートの距離も短くなった。バイクで遠出することは滅多になく、部屋で一緒に過ごすことの方が多くなった。

ふたりは一緒に料理をし、ＤＶＤを見て、愛し合った。

恵里と付き合うようになって確実に蓮は変わっていった。

誰に対しても優しく接し、暗い目に灯りがともったようだった。

もう少しでその灯りが決して消えない明かりになろうとしていた頃、それは起こった。

その日は恵里の十九回めの誕生日だった。

久しぶりにどこか行きたいとせがむ恵里に蓮はツーリングの約束をした。

蓮はいくつかのことを見誤っていた。

まず、川原で叩きのめした男たちは蓮が思っていたよりもずっと執念深かったこと、また、先日ショップにバイトに入った若者が連中の手先だったことだ。

最初から妙に慣れ慣れしいその男は蓮の日々の動向を探っていた。

明日はデートなんだと蓮は男に漏らしていた。朝早く出発して富士山を見にいく。

知ってるか、夏の富士は昼の太陽を浴びると、ほんの短い時間だが金色に輝くんだ
翌朝、部屋に迎えに来た恵里を乗せて蓮はバイクを走らせた。

気持ちのいい朝だった。空は真っ青に澄みわたり、強くもなく弱くもない涼やかな風が吹いている。

真っ直ぐな街道に入ってスピードを上げた時、恵里が叫んだ。

だめ、停めて
なに?

蓮が聞き返した時、バイクが跳ね上がった。まるで馬が蛇に噛まれたようだった。

青空に吸い込まれるように舞い上がったバイクが道路に落下してぐしゃりと潰れた。

道路脇の草地に放り出された蓮はしばらくの間気を失っていた。

目を覚ますと、道路を遮るようにぴんと張りわたされた銀色のピアノ線が光っていた。

潰れたバイクの傍《そば》に恵里が倒れ、頭部からの血が一本の線となって白い路面を這《は》っている。

蓮は慌てて恵里に走り寄り大きくひび割れたヘルメットを外した。

がくりと頭が後ろに倒れた。恵里の中で、頭を支えるなにか大事なものが壊れていた。

8

ミラーワールドは必ずしも正確に現実を映しているわけではない。

その証拠に人影はなく、空は常に澄みきっている。

夜になると無数の星々が狂気のように怪しく輝く。

現実世界では四季それぞれに現れる星座のすべてがミラーワールドではいつも絡み合うように光っている。

浅倉《あさくら》威《たけし》はさそり座の方角から出現した。すでに仮面契約者王蛇に変身したその風貌は敵を威嚇《いかく》して鎌首《かまくび》をもたげたコブラに似ている。

王蛇は首と指の骨を鳴らしながらゆっくりと前方の獲物に向けて近づいていった。

契約モンスターに餌をやるため、ミラーモンスターを倒した仮面契約者ライアは夜空に自分の運命を読んで怖気《おじけ》を震《ふる》った。

入り組んだ星々の中にようやく見つけた自分の星が流れ落ちたからだ。

王蛇は振り向いたライアにドリル状の剣—ベノサーベルを叩きつけた。

咄嗟《とっさ》に飛び退いたライアはエビルウィップで対抗する。

鞭状《むちじょう》のその武器がパシャッと伸びて王蛇の首に絡みつく。

ミラーモンスターだったらこの一撃で首が千切れ飛ぶほどの威力だった。だが、王蛇は微動だにせず笑っている。

（くく……お前は糞《くそ》の匂いがするぜ）

ライアは瞬時に頭の中で戦略を立てた。このまま王蛇を引き寄せてもうひとつの武器—エビルバイザーで頭を断ち切る。

ライアが力を込めると、王蛇は逆にその力を利用して頭から懐に突っ込んできた。王蛇のベノサーベルがライアの腹部を貫通する。

（ベノスネーカー！）

その呼びかけに応じ、ジャンプした王蛇の背後から契約モンスター、ベノスネーカーが現れる。巨大な蛇のようなベノスネーカーは真っ赤な口から紫色の毒液を吐いた。

（ベノクラッシュ！）

それが王蛇の必殺技の名前だった。瀑布《ばくふ》のような毒液の奔流《ほんりゅう》に乗り、王蛇の蹴りがライアの体を打ち砕く。

大の字に倒れたライアに駆け寄り、王蛇は引き裂いた腹から腸《はらわた》を抜き取り放り投げた。

（食え！）

星空に舞い上がった腸を、ベノスネーカーはひとくちで飲み込んで姿を消した。

（な、なんてことするんだ、お前）

やって来たのは龍騎に変身した真司だった。

（次はお前だ）王蛇は龍騎に向き直った。（貴様も糞の匂いがする。しかも特大のな）

（いい加減に目を覚ませ！　楽しいのかよ、こんなこととして！）

（ああ、楽しいねぇ。最高だ）

言いながら王蛇は首と指を鳴らしはじめた。

真司が仮面契約者になってからすでに一ヵ月が過ぎていた。その間に真司は何匹かのミラーモンスターを倒し、契約者たちの戦いに立ち会い、あるいは巻き込まれた。だが、戦いを止めようとする真司の言葉に耳を貸す者は誰もいない。むしろ真司は契約者たちに笑われ、疎まれ、憎まれるようになっていた。多くの契約者たちが龍騎との戦いを望み、倒そうとした。

龍騎が王蛇のベノサーベルをドラグセイバーで受け止めた時、さらに三つの人影がミラーワールドに飛び込んできた。

仮面契約者ナイト、ゾルダ、ファムだった。

（どうやら生き残った契約者はこの五人になったようだな）

ナイトに変身した蓮が呟く。

(随分減ったもんだ。ま、最後のひとりにならなけりゃなんの意味もないけどな)ゾルダが言う。

真司は元々何人の契約者がいたのかは知らない。だが、これまでに多くの血が流されてきたことは想像がつく。

(丁度いい。全員まとめて食ってやるぜ)

王蛇は意味不明の咆哮《ほうこう》を上げて龍騎の顔面を殴りつけた。

びっしりと夜空にひしめく星座と星雲が動きはじめる。

ナイトとゾルダも龍騎を狙った。

(くそ！　まずおれからってわけかよ)

龍騎はくるりと背を向けて走り出した。とりあえず逃げる以外手がない。

(や、やめ！　やめろ！　戦い中止！)

走りながら叫ぶ龍騎の足元で爆発が起こった。

ゾルダが銃タイプの武器―マグナバイザーを放ったのだ。

ゾルダの体は契約者の中で最も厚い装甲に覆われている。ゾルダ自身がまるで一個の装甲車のようだ。

吹っ飛んだ龍騎に武器を振りかざした王蛇とナイトが襲いかかった。

（う、うわ！　よ、よせ！　みんな仲良く！　仲良くだ！）

当然、真司の言葉は無視される。

龍騎は右に左に地面を転がり、ナイトと王蛇の剣撃をかわした。

さらにゾルダが銃口を向け、もうだめか、と真司が覚悟を決めた時、風が起こった。

普通、ミラーワールドに風は吹かない。空気はいつもぴんと張り詰めて動かない。

風の正体はファムだった。ファムが白鳥のような翼を広げ、羽ばたいたのだ。

その突風に乗って矢のような無数の羽根がナイト、王蛇、ゾルダの体を翻弄した。

偶然なのか意図的なのか真っ白い羽根のブリザードが龍騎を救った。

素早く飛び起きて龍騎は鏡の中に飛び込んでいった。

現実に帰った真司は原付きバイクで夜の街を走っていた。

ミラーワールドから帰還すると真司はいつもほっとするような懐かしさを覚える。普段なら不快でしかない街の騒音がひどくうれしい。出会うすべての人間を抱きしめたい。

ミラーワールドからの脱出は、まさに死後の世界からの生還だった。

だが、今の真司はそんな安堵《あんど》を感じることなく怒りの炎に燃えていた。

（あいつら、よってたかっておれを殺そうとしやがって）

また、自分自身の不甲斐《ふがい》なさにも苛立ちを覚える。

戦いを止めようと決意しても状況はまるで変わっていない。誰も真司の言葉に耳を貸さない。

唯一の救いはファムだった。

もしさっきのファムの攻撃が真司を救おうとしたものならば、契約者の中でただひとりの女性であるファムにはまだ真っ当な人間の心が残っているに違いない。だとしたら真司の説得にも応じてくれるかもしれなかった。

真司は山間の、小さな故郷を思い出した。

枯れ果てた果樹園の、人々に見捨てられた町。

自分にはなにもできなかったという思いが心の傷になって今も痛い。

（もう二度とあんなのはごめんだ）

もしミラーワールドを救えなかったら、それは真司にとって再び同じ罪を犯すのと同じだった。

真司は祖母の言葉を思い出した。

お前の力で世界中の人々を救ってやれ、お前ならできる。

（そうだ！　おれならできる！）

真司は意気込んでバイクのスピードを上げ、だが、すでに目的地を過ぎていることに気づき急ブレーキをかけて転倒した。そんな真司を見下ろすようにレンガ色の高層マンションが夜空に向かって屹立《きつりつ》している。

そのマンションのペントハウスに仮面契約者ゾルダ──北岡秀一《きたおかしゅういち》は住んでいた。

真司が北岡秀一を訪ねるのはこれで二度めだった。

最初の訪問は蓮から秀一の名前と職業を教えられたのがきっかけだった。

蓮のマンションを突き止めて以来、真司は何度も説得に足を運び、蓮はその度に殴ったり蹴ったりして追い返してきたが、それも面倒になると真司を他に押しつけようとしてゾルダの正体を教えたのだ。

「名前は北岡秀一、弁護士だ。調べればわかる」

真司よりも仮面契約者歴の長い蓮は真司の知らない多くの情報を持っているようだった。

入り口のインターホンで名前を告げ、ロックを解除してもらって初めてマンションに入ることができる。

初対面の際、秀一は6ＬＤＫのマンションの、だだっ広いリビングで遅めのランチを食べていた。

それがランチと言うには豪華すぎるフレンチで、フォアグラを重ねたステーキの上にたっぷりと生ウニがかかっている。

秀一は真司が今までに出会った人間の中で、最も整った容姿をしていた。すらりとした長身に小さな顔――もし顔の造形が遺伝子と偶然で決まるなら秀一は理想的な遺伝子ととてつもない強運の持ち主と言うことになる。

ストライプのワイシャツの胸元にナプキンを掛け、ほっそりとした指でナイフとフォークを扱いながら秀一は黙って真司の演説を聞いていた。

もちろん仮面契約者の戦いをやめよう、仲良くしよう、人間同士で殺し合うのは良くない、と言った単純な演説である。

「あんたの言いたいことはわかった。ま、考えとくさ。今日のところはお引き取りを」

真司の演説を途中で遮り、食事を終えた秀一はそう言ってナプキンで口を拭った。

「おい、どういうつもりだ！　考えとくって言ったくせにおれを殺そうとしやがって！」

真司は『北岡弁護士事務所』のプレートの掛かったドアを開けると、大声で怒鳴りながら秀一を探した。

「考えたさ。考える価値がないという結論に達するまで三秒ほどな。貴重な時間を無駄にした。なあ、吾郎《ごろう》ちゃん」

秀一は由良《ゆら》吾郎のサポートを受けてフィットネスルームでストレッチをしているところだった。

北岡事務所の秘書兼執事兼料理人の由良吾郎はこの前と同じように憮然《ぶぜん》とした表情で真司を見つめた。

吾郎は真司が今まで出会った人間の中で、最も醜い容姿をしていた。

突き出した額の下で暗く淀む瞳で睨《にら》まれると、わけもなくごめんなさいと謝りたくなる。さらに吾郎の顔をより不気味に見せているのは紫色のぶ厚い唇だった。

吾郎はしゃべることができなかった。その唇は金色の糸で縫合されていたからだ。

吾郎ちゃんはね、沈黙の誓いを立てているんだ、と初めて会った時、秀一が教えた。

真司は吾郎から目を逸らし、マットの上でストレッチを続ける秀一に詰め寄り声を荒らげた。

「ふざけるな！　人を殺して願いを叶えてうれしいのかよ！」

「ああ、うれしいねぇ」

契約者バトルのあと、いつも秀一はストレッチをする。週に三日のウエイトトレーニングも欠かさなかった。肉体の管理と鍛練はゴルフと美食と並んで秀一の趣味のひとつだった。

「大体、本当に願いが叶うかどうかだって怪しいもんだ」

「叶うさ。考えてもみろ。神だか悪魔だか知らないが相手はミラーワールドの創造主にしておれたちに変身能力まで与えたんだ。一個人の願いを叶えることなどたやすいだろうさ。それにな、人を殺して願いを叶えたいなんて奴は最低のクズだ。そんなクズを排除して願いが叶えられるならまさに一石二鳥じゃないの？」

「そ、そう言うあんただって同じじゃないか！　クズだろ、あんたも」

「そう来ると思った」

秀一は前髪をかき上げながらため息をついた。

「あんたのことはよく知らないし知りたくもないがあんたはおれの想像を超えていない。退屈なんだよ」

「どうでもいいんだよ、そんなこと！　問題は正しいかどうかだろ」

「この世に正しいことなんてなにもないさ。あるのは正しいという思い込みだけだ」

「弁護士だろ、あんた。そんなこと言っていいのかよ」

「弁護士だからわかるんだよ。まあ、この問題を突き詰めてもあんたには理解できないだろう。話題を変えよう。あんたにはおれの願いがわかるか？」

「なんだって？」

「おれの願いだよ。自分で言うのもなんだがおれはすべてを持っている。見ての通り容姿《ようし》端麗《たんれい》、頭脳明晰《ずのうめいせき》、年収は少なく見積もってもあんたの百倍はあるだろうし、彼女は八人ほどいる。色々な国の女性たちでみんなそれぞれ味わい深い。父方のご先祖は旧華族の出身で血筋も申し分ない。仕事も順調で若手弁護士の中では間違いなくおれがナンバーワンだ。人はおれを天才と言うがおれに言わせればそれはまだ控えめな褒め言葉で本当は大天才と言って欲しい。そんなおれがなぜ仮面契約者になったか、わかるか？」

「あんたってほんんんっとに嫌な奴だな！　知るか、そんな奴の願いなんて」

「だろうな。お前には想像力がないんだよ。単純すぎる。そんな奴に人を説得できるはずがない」

単純、と言われて真司は少し傷ついて顔を歪《ゆが》めた。それは昔から故郷の友人たちによく言われた言葉だった。

「お、おれは単純じゃない。純粋なんだ！」

「なんでもいい。とにかくおれを説得するのは諦めてくれ。時間の無駄だからな。待てよ、そうだな……」

秀一はストレッチを終えて立ち上がった。

真司よりも頭ひとつ背が高い。

「お前の話を聞いてくれそうな契約者がひとりいる。なんなら紹介してやってもいいけど。名前は浅倉威……」

真司をなんとか追い払ったあと、秀一は吾郎の作った夕食を前に笑みを浮かべた。デートの時や仕事の打ち合わせ等、外食の多い秀一だったが吾郎の手料理の方が好きだった。

吾郎は秀一の好みをすべて把握《はあく》していた。食事に限らずあらゆる分野の嗜好や癖を知っていてその日の気分を敏感に察知して秀一に尽くした。

吾郎は秀一よりも秀一のことに詳しかった。

「今日は生姜焼《しょうがや》きか。いいねぇ。丁度食べたいと思ってたんだよね。たまにはさ、庶民の味も味わわないとね」

ナイフとフォークを手にした秀一の動きがふと止まった。ナイフを左にフォークを右に持ち替えてまた動きが止まって考え込む。

(逆です、先生)しゃべれない吾郎は手話で秀一に語りかけた。

(ナイフは右、フォークは左)

「ああ、そうだった。で、どう思う、吾郎ちゃん。さっきの、え～っと、名前はなんて言ってたっけ?」

吾郎は『城戸真司』と紙に書いて秀一に示した。

「そうそう。どう思う?」

(吐き気がします。もしよろしければ私が殺しましょうか?)

「はは。奴は所詮《しょせん》小物だ。吾郎ちゃんが手を汚すまでもないよ。大体さ、浅倉の奴がなんとかしてくれるんじゃないの?」

9

北岡秀一の事務所を後にして、真司は原付きバイクを走らせていた。

一度ガソリンスタンドに立ち寄って、真司は吾郎が書いてくれた簡単な地図を確認した。

そこに浅倉威がいると言う。

吾郎ちゃんはなんでも知っているんだ、なんせスーパー秘書だからね、と秀一は笑った。でも、まあ、五分五分かな、一ヵ所に腰を落ちつける奴じゃないから
真司は二時間ほど走って郊外の住宅街を抜け広大な畑地の小道を辿ってバイクを停めた。地図によればそこが浅倉威の住処だった。

なんだよ、ここ
目の前には鬱蒼《うっそう》とした雑木林が広がっている。

こんなところに？　浅倉が？

林の周囲はぐるりと有刺鉄線に囲まれていて『野犬に注意』の立て札が見える。

北岡の奴、騙しやがって。

半信半疑だったが一応有刺鉄線を潜って林に入った。

透き通った三日月の光を受けて森全体がぼうっと青白く光っている。

頭上ではさらさらと葉擦れが鳴り、足元からは鈴を転がしたような虫の音が聞こえてきた。

腐葉土の上を這い回るミミズやムカデを踏みながらしばらく歩くと木々の間から炎の揺らめきが見えてきた。

すぐに開けた場所に出る。

浅倉威は焚《た》き火の傍で体を大の字にして眠っていた。仰向けの顔が炎を受けて黄金の仮面のように光っている。

焚き火の上に渡された太い鉄串を見て真司は思わず息を飲んだ。

鉄串には三匹の犬の首が刺さっていて、周囲にはまだ肉のこびりついた無数の骨が散らばっている。

あいつ、まさか犬を食ったのか？

信じられなかった。

いくら野犬とはいえ犬は犬だ。どんなに腹が減っても犬は食べない。

うまいのかな
真司は頭を激しく振ってそんな好奇心を振り払い、威の顔を改めて見つめた。

炎色に染まったその顔はめらめらと燃えているようで表情はわからない。

ぐお
威は大口を開けて鼾《いびき》をかきはじめた。

食い散らかされた野犬の肉や骨がのた打ち回るように動きだす。

「おい」

急に背後から声をかけられびくりと震えた。

れ、蓮？

振り向くとびっくりするぐらい近くに蓮の顔があって真司は思わず尻餅をついた。

「お、驚かすな！　お前、なにやってんだよ、こんな所で」

「それはこっちのセリフだ。帰るぞ」

「馬鹿言え。こっちは大事な用事があるんだよ」

「いいから来い！」

蓮が真司の首を摑み出口に向かって歩きはじめた時、
待て
声が聞こえた。

焚き火の炎を背景に、ぬらりと威のシルエットが立ち上がった。

その影が首を鳴らし、指を鳴らしながらこちらに近づく。

そうか、こいつが王蛇か
もっと前に気づくべきだった事実を知り、こいつは無理だな、と真司は思った。こいつには説得しても通じない。仮面契約者の中でも最も残虐《ざんぎゃく》な戦い方をする奴だ。

「貴様ら……契約者だな」

「よせ！　浅倉！」殺気を感じて蓮が叫んだ。「契約者バトルのルールを忘れたか？　現実世界での殺し合いは禁止だ。ルールを破ればバトル自体が中止になるかもしれないんだぞ！」

「知るか。嗅がせてくれよ。血の匂いを」

威は焚き火で熱せられ真っ赤に染まった鉄棒を振り回した。

闇の中で弧を描くその朱色の軌跡が真司と蓮の首筋を掠《かす》める。

ふたりは木々の間を走りはじめた。

放り投げられた鉄棒がぐさりと木の幹を貫通する。

「乗れ」

有刺鉄線を抜けバイクに飛び乗りながら蓮が叫ぶ。

「でも、おれのバイクが……」

「間に合わん！　乗れ！」

真司がリアシートに跨《またが》り蓮はスロットルを開けたがバイクはびくりとも動かない。

振り向くと威がバイクの後輪を摑んでいた。

タイヤを摑んだまま月を見上げた威の笑い声が響きわたる。

獣の咆哮《ほうこう》だ、と真司は思った。この男は相手を威嚇する代わりに笑うのだ。

「伏せろ！」

蓮に言われて真司は咄嗟に身を低めた。

振り向き様放った蓮のナイフが威の腕に突き刺さる。

バイクは悲鳴を上げて走りはじめた。


国道沿いのガソリンスタンドで蓮はバイクを停め、真司は自動販売機で買った缶コーヒーを蓮に向かって放り投げた。

だが、蓮は受け取ろうとしない。

「なんだよ、飲めよ。助けてくれたお礼だからさ」

「いらん」

蓮は地面に落ちた缶コーヒーをぐしゃりとブーツの踵《かかと》で踏み潰した。

「別にお前を助けたわけじゃない。さっき浅倉に言った通りだ。こちらの世界での殺し合いは禁止されている。ルールを破ればバトルそのものが御破算になりかねない。そうなったら元も子もないからな」

「でも、わからないな。なんでおれが浅倉のところにいるってわかったんだ」

「おれがそうしたように北岡もお前をやっかい払いしようとするかもしれんと思ってな。そうなると相手は浅倉しかいない」

「……理由はなんであれ、お前がおれを助けてくれたのは事実だ。もしかしてあれか、少しはおれが好きになったとか？」

「馬鹿が。飽くまでも前向きな奴だ。だが覚えておけ。前向きすぎる奴は必ず転ぶ」

「いいじゃないか、転んだって。何度でも立ち上がれば」

ガソリンが満タンになったのを確認し、蓮は再びバイクに跨る。

「とにかく、二度と浅倉威には近づくな。いいな」

そう言いながらリアシートに座ろうとする真司を後ろ蹴りで突き飛ばした。

「誰が乗れと言った？　ここまでだ。あとは好きに帰れ」

「ちょ、ちょっと待て。もう一個だけ教えてくれ。仮面契約者はあとひとりいたはずだ。多分、女の」

「ああ、ファムのことか。奴の正体は知らん。多分、誰もな。ただ……」

「ただ？」

「ミラーワールドでの戦いを見ていると、あの女は浅倉威を憎んでいるようだな」

「もしかして、昔付き合ってたとか？」

「呆れた奴だ。お前、もしかして浅倉威のことを知らないのか？　お前も一度は聞いたことがあるはずだ。三年ほど前に随分マスコミを騒がせたからな」

「浅倉……威……言われてみれば……」

「そうだ。あの浅倉威だ。連続殺人犯にして脱獄犯のな」

10

浅倉威は糞尿《ふんにょう》の中で生まれた。

東京から遠く離れた田舎のアパートでひとり暮らしをしていたまだ高校生の母親は村のほとんどの男と関係を持ったせいで父親のわからない威を汲《く》み取り式の共同便所に産み落とした。

威は夥《おびただ》しい糞尿の海の中で産声を上げた。

その泣き声は三日間続き、母親は頭から布団を被って耳を塞いでいたが四日めに声が消えほっと胸を撫《な》で下ろした。

七日めの夜に母親は奇妙な音に目を覚ました。

窓からの月明かりに照らされて、ズルッズルッと黒い塊が畳の上を這ってくる。

恐怖で動けない母親の口にその黒い塊が頭を突っ込み、その時になって母親はそれが糞尿に塗れた威であることに気がついた。

威は糞尿を食べて生き残り、汚物タンクを這い上がって母親の元にやって来たのだ。威はもう一度胎内に戻ろうとするように母親の口から食道を通って胃袋に落ちて体を丸めた。だが、すぐに息苦しくなって母親の腹を引き裂いて顔を出した。

こうして威は自らの力で第二の誕生を完遂した。威は生まれた時から怪物だったのだ。母親の死体を発見したのはアパートの大家だったが、駆けつけた駐在も死体の傍ですやすやと眠っている赤ん坊が犯人だとは想像すらできなかった。

児童養護施設に引き取られた威は六歳になって次の殺人を犯した。

それまで、同じ施設の仲間にせよ指導員にせよ誰も威の笑顔を見た者はいなかった。威はいつも憮然《ぶぜん》とした表情で孤立していた。

その原因を指導員たちは母を失った悲しみに求め努めて優しく接したが威は誰にも心を開こうとはしなかった。

威は威にしか見えない黒い手と戦っていたのだ。

黒い手は無数の蝶のようにいつも威のまわりを浮遊していた。そして次々と舞い落ちて威の口を、鼻を塞いだ。

黒い手は糞尿の匂いそのものだった。その匂いがギュッと凝縮され、黒い手になって襲いかかる。

この世界は糞尿の匂いで充満していた。

威が殺したのは同じ施設の児童だったが、別にこれと言った理由があったわけではない。強いて言えばその日が相手の誕生日だったからだ。

その夜、誕生パーティが終わりみんなが寝静まった頃、威は台所の包丁を手に相手の部屋に忍び込んで腹を裂いた。

その瞬間、無数の黒い手が消え、糞尿の匂いが霧散した。血の香りが糞尿の匂いを駆逐《くちく》したのだ。

しばらくの間、威は陶然としてその場で深呼吸を繰り返した。

死体を発見した指導員はそのあまりの酷たらしさに卒倒した。

死体はほとんど原形を留めず、夏の日の庭に水を撒《ま》くように血や内臓がそこら中に散っていたからだ。

警察は指導員による快楽殺人を疑い尋問を繰り返したが決定的な証拠を得ることなく外部からの侵入者の犯行と結論した。

また他の児童が誕生日を迎え、威は同じ手口で部屋に内臓をばらまいた。

再び施設は騒然となったが、この時は指導員のひとりが威に疑いを向けた。

威の唇が血で染まっていたからだ。

威は指導員を刺し殺し、現場を目撃した他の指導員の腹を裂いた。そうして威は忽然《こつぜん》と施設から姿を消した。

それからの数年間、威は工業排水でどろりと淀《よど》んだ川のほとりで生活した。

その河川敷にはビニールシートや段ボールで作られた小屋とも呼べないような小屋が密集していて、そこで暮らすホームレスたちが迷い込んできたまだ幼い威を引き取ったのだ。

威はホームレスのアイドルになった。

威の存在は心に傷を持ち孤独を囲う彼らに忘れていた美しい思い出を甦《よみがえ》らせた。

しばらくの間、威の殺人衝動は眠っていた。

それはなにかと威の面倒を見るホームレスたちの愛情のおかげではなく腐った川のせいだった。

鼻がひん曲がるような川からの異臭が糞尿の匂いを遮《さえぎ》ってくれたのだ。

威のおかげで集落には活気が満ち、風に乗って笑い声が木々を揺らした。

威は集落の村長的な老人の小屋で暮らしていたが、ある夜、ビニールシートのベッドで眠る威の元に黒い手がやって来た。

黒い手はシートや段ボールの隙間から際限なく現れて威を掴んだ。

この世は再び糞尿の匂いが支配する地獄に戻った。

威は部屋の片隅の鉈《なた》を摑み、大口を開けて鼾《いびき》をかく老人の頭を叩き割った。

翌朝、ホームレスたちは日々赤くなったり黄色くなったりと色を変える川に死体を捨てた。まるでコンクリートに埋め込まれるように老人の体はゆっくりと沈み二度と上がってはこなかった。

誰も威を疑わず、むしろ無事を喜んだが、さて、犯人は誰だという段になってホームレスたちはこれは嫉妬による殺人だと結論した。

老人は威を独占しすぎた。だから殺されたのだ。

三日後に威がまた殺人を犯すと、ホームレスたちは殺し合いを始めた。

犯人は威を欲しがっている者だ、だから威を愛する者から順番に殺された。

最後に生き残ったのは元プロレスラーだという大柄の中年男だった。

男は満面に笑みを浮かべ威を抱擁し、威は男の太鼓腹を切り裂いた。

それから数年後、浅倉威の名前が世間を騒がせる事件が起こった。

通称『神隠しの山』と呼ばれる険山に登った男が山での出来事を警察に通報したのがきっかけだった。

男は友人と一緒に山に入った。神隠しの山の神様を捕まえてやろうと言うのが目的だった。もちろんふざけ半分だったが、半日かけて山を巡り、下山の途中で本当に神様に遭遇した。それが浅倉威だった。

すでに青年に達した威は簾《すだれ》のように伸びた髪に垢《あか》と泥で真っ黒に汚れた顔をにたりと歪《ゆが》めて手作りの弓と唯一ホームレスの集落から盗み出した斧《おの》を振りかざして男たちに襲いかかった。

ひとりが犠牲になり、ひとりは奇跡的に逃走に成功した。そうしてそのままの足で男は警察に駆け込んだのである。

事情を聞き、五人の警官が山に入った。

その三日後、警察は十五人の武装警官を投入した。先に山に入った五人が誰ひとり帰ってこなかったからだ。

武装警官たちは木の枝に突き刺さって宙づりになった五人の死体を発見した。

すべての死体は腹を裂かれ、抜かれた内臓がそこら中に撒かれていた。

威はアンコウを吊るし切りするように警官たちを捌《さば》いたのだ。

死体を前に戦慄する武装警官たちに樹上から威が襲いかかった。

山々に悲鳴が木霊して、威を捕獲するまでにさらに八人の武装警官が犠牲になった。

浅倉威は警察病院の精神科に収容された。

全身を拘束衣で縛られた威を何人もの精神科医が診察したが誰も威を分析できる者はい

なかった。

威には分析されるものがなにもなかったからだ。

威はただモンスターと呼ばれ、警察は病院の地下に威のためだけに特別な独房を建設した。

そこに行くためにはエレベーターで四十メートルの距離をくだり、いくつものセキュリティを通過しなければならない。そうしてようやく威が収容されている強化プラスティックの壁で塞《ふさ》がれた独房に辿《たど》りつくことができる。

独房の中でも威はベッドに拘束具で縛られていた。

食事は食道に挿入されたチューブから流し込まれ、排泄物は下半身に繋《つな》がったホースによって管理された。

だが、威が独房にいたのはそう長い時間ではなかった。

身動きのとれない威にできるのは眼球の運動だけだった。

威はぎょろりぎょろりと目を動かして真っ白い天井と強化プラスティックの壁に映る自分の姿を交互に見つめた。

半透明に透き通った威の体に黒い影が重なった。それはいつも威を襲ってきたあの黒い手ではなく、威を別世界に導く人の形の影だった。

モニターで威を監視していた警備員はあり得ない出来事に呆然と凍りついた。

まるでイリュージョンのようにある瞬間、ふっと威の姿が消滅したのだ。

気がつくと威は鏡の教会の中にいた。

(お前の願いはわかっている)影は威に語りかけた。(戦え。最後のひとりになるまで)

初めてミラーワールドに降り立った時、威はそこが自分の住むべき場所だと確信した。

そこは黒い手のいない世界、まるで無臭の世界だった。

ミラーワールドで永遠に戦い続けること、それが威の願いだった。

11

　真司はひとり、アパートのせんべい布団に横たわり仮面契約者ファムのことを考えていた。ミラーワールドでの戦いの最中、真司を助けてくれたかもしれないファム……。今や真司にとってファムだけが唯一の希望だった。

　戦いを止めようとする真司の説得に対し、秋山蓮はすぐ暴力を振るうし、北岡秀一は冷たく上から目線だし、浅倉威に至っては論外である。話を聞いてくれる可能性があるのはファムだけだ。

　だが、蓮によれば誰もファムの正体は知らないと言う。現実世界で会えないならばミラーワールドで説得するしかない。できることなら真司はこちらの世界でファムと会いたかった。人間対人間として話したい。ミラーワールドではファムも気が立っているだろうしいつ邪魔が入るかわからない。

　それにしても、と真司は寝返りを打ちながら考える。ファムはどんな奴なんだ？　女の身でありながら契約者バトルに参加するなんて。一体どんな願いを背負っているのだろう？

ファムのことを思う度に真司の中で人間としてのファムは美化されていった。

もしかしたら身を犠牲にしてまで世界平和を願う心美しいどこかのお嬢様かもしれない。きっと彼女は自分だけが幸せであることに我慢できなくなって契約者になったのだ。

そんなことを考えていると携帯が鳴った。

「なんだよ」

相手は霧島美穂である。真司は努めて不機嫌そうに電話に出た。

「お腹が痛い」

小さな声で美穂が言う。

「なんだって？　どうせ食べすぎだろ。セイロ丸でも飲め」

「違う。反対」

「反対？　ってなにが？」

「もう三日も食べてないの。餓死するかも」

餓死と言う言葉にどきりとしたが真司は用心深かった。美穂のことだ、どこに罠《わな》があるかわからない。

「じゃあ食べろよ」

「金がない」

「金がない？　なんで？」

「とにかくあと一時間で飢え死にする。ううん、三十分で」

「…………」

結局、真司は近くのコンビニで買えるだけの物を買って教えられた住所に向かった。あと三十分と具体的に言われると妙に気になる。美穂の腹の中に時限爆弾が仕掛けられていて三十分以内に食べ物を与えないと爆発する、そんな想像が頭に浮かび、想像しているうちにその気になった。

「お、おい、無事か！」

施錠されていないドアから部屋に走り込むと美穂はベッドで体をくの字に曲げてうんうんと呻《うめ》き声を上げていた。

「おい！　気をしっかり持て！　ほら、好きなモンを食え」

真司は死体を花びらで埋めるように美穂の体の上に買ってきたインスタント食品をばらまいた。

「……素敵。もう死んでもいい」美穂が呟く。

「馬鹿野郎！　弱気になるな！　どれがいいんだ？」

「焼きそば」

「わかった、焼きそばだな。お湯を入れて三分だ！」

「でも」

「でも？」

「紅ショウガがなくちゃいや」

「わかった。紅ショウガだな。待ってろ！　買ってきてやる！」

美穂は紅ショウガをたっぷり添えたカップ焼きそばを食べ、カップラーメンとソバとうどんとおにぎりを食べてようやく元気を取り戻した。

「うお〜、復活！」

真司はほっとして自分のために購入したアイスクリームを食べはじめた。

「ありがと、真司。命の恩人だね」

子供の頃から真司はアイスクリームが大好きだった。一度食べはじめると止まらなくなりついつい食べすぎてしまう。真司は一気に五個のカップアイスを食べ終えて口を拭った。

「ねぇ。食べすぎなんじゃない。お腹壊すよ」

「ほっとけ。大体、お前、金がないってどういうことだ？　耳掻き屋のバイトはどうした？」

「やめた」

「やめた？　なんで？　また客となんかあったのか？」

「違うよ。真司が焼き餅やくからだよ。私、もう真司の耳しか掻かないって決めたの」

「そうそう、おれって意外と嫉妬深いからさ。嫉妬の炎ぼーぼーでもう大変……ってそんなわけねぇだろ。誰が焼くか！」

怒鳴った瞬間、真司は胃袋に違和感を覚えた。思わず腹を押さえてうずくまる。

「ど、どうしたの？」

「お腹が……痛い」

「だから言ったじゃない。食べすぎだって」

「セ、セイロ丸……あるか？」

「ない。それより、ほら、早く横になって」

真司をベッドに寝かせると、美穂はTシャツの裾《すそ》から素早く手を滑り込ませた。

「馬鹿！　よせ！　そんな気分じゃねぇんだ」

「違うよ。ほら、こうやって」

美穂は真司の腹を円を描くように撫《な》ではじめた。「こうやって反時計回りに撫でると痛みが治まるんだよ」

「な、なんで反時計回りなんだ？」

「よく知らないけど腸って時計回りに動いているんだって。だから反対側に刺激を与えると大人しくなるんだって」

「ぜ、全然わからん。大体、おれが痛いのは胃だ、腸じゃない」

「似たようなもんでしょ？　ほら、よく胃腸って言うじゃない。薬だって胃腸薬って」

「…………」

そう言えば、と真司は思い出した。子供の頃、お腹が痛くなるとよくおばあちゃんがこんな風に撫でてくれたものだ。腹の中ではな、石炭が燃えているんだ、とおばあちゃんは教えてくれた。だから冷たいもんを食べすぎてはいけない、火が消えてしまうから。

「なあ、ちょっと聞いていいか？」

大分具合が良くなって、真司は訊ねた。

「お前、なにか願いごとってあるか？　しかもただの願いじゃない。命を賭けても、人を殺しても叶えたい願いがさ」

美穂の手の動きがふと、止まった。

「……あるよ」

「どんな？」

「真司が欲しい」

「真面目に答えろ！　ま、お前にはわからないだろうな。その日その日をなんとなく生きてるような奴にはさ」

「なによ。じゃあ真司にはどんな願いがあるって言うの？」

「……おれは……そうだな」

少し考えてから真司は答えた。

「もう一度、果樹園が見たい」

「果樹園？」

「おれの田舎じゃあみんな林檎農家だったんだ。夏になると果樹園いっぱいに真っ赤な林檎が実ってさ。みんなで林檎を収穫してお祭りやって。その頃には朝昼晩飯って言えば林檎なんだ。でも、全然飽きなかった。甘すぎず酸っぱすぎない林檎でさ。あの頃は自分がどんなに幸せだったのかわからなかった」

「げー」

と、美穂は眉根を寄せて顔をしかめた。

「なんだよ、げーって？」

「朝昼晩林檎なんて全然やだ。私、嫌いなんだよね、林檎」

「もういいよ。別にお前にわかって欲しいとは思わないし。だけどさ、これだけは覚えておけよ。いつかお前も心からなにかを願うかもしれないけど、それは自分の努力で摑むものだ。絶対誰かに頼ったりするなよ」

言い終わって『痛！』と声を上げた。

美穂が真司のパンツに手を入れてつねったのだ。

「なにすんだよ！　変なとこ触るな！」

「言ったでしょ？　説教されるのは嫌いだって。なによ、粗品みたいなちんちんして」

「誰が粗品だ！　おれのはお中元だ。いや、お歳暮だ。とにかく、あれだ、もうなにがあってもおれに電話すんなよ。ちゃんと働け！」

次の瞬間、真司はハッとして鏡を見つめた。

部屋の姿見がぶ〜んと唸《うな》りを上げて震えている。誰かがミラーワールドで戦っているに違いなかった。

「どうかした？」

不思議そうに首をかしげて美穂が訊ねる。

「いや、別に」

美穂の前で変身するわけにはいかない。

とにかく、お前、ちゃんと働けよ、そう言い残して真司は部屋から走り出た。

ミラーワールドに飛び込んだ者は自動的に戦場に送り込まれる。だが、どこが戦場かは着いてみなければわからない。ある時は街中で、またある時は無人の荒野や森の中だったりする。誰がどのような理由で戦いの場所を決めているのかは契約者たちも誰も知らない。

王蛇とゾルダは真っ青に澄み切った浅瀬の海で戦っていた。

頭上には海を跨《また》ぐように巨大な虹がかかり、くっきりとした七色の光を放っている。

ゾルダは腰のハンドガン—マグナバイザーを連射し、王蛇はジグザグに走って弾をかわした。

王蛇の走りに合わせて水飛沫《みずしぶき》の中に小さな虹が浮かんでは消える。

間合いを読んだ王蛇は一気にジャンプしてドリル状の剣—ベノサーベルをゾルダの頭部に叩き込んだ。

ぐらりとよろめいたが装甲の厚いゾルダを一撃で倒すことはできない。

逆にゾルダの拳を下腹に受けて王蛇は浅瀬の中を後退した。

仮面の下の威の目が殺気を帯びて怪しく輝く。

(浅倉、お前、自首したらどうよ)

秀一は素早く威に銃口を向けた。

(おれは黒でも白にするスーパー弁護士だからさ。なんとかなるかもしれないぜ)

(てめぇは糞だ。流れろ)

(前言撤回。判決はやはり死刑だ)

ゾルダが引き金を引くと同時に王蛇はその腕に齧《かじ》りついた。

金属の仮面が耳まで裂け、そのギザギザの牙がゾルダの腕に食い込んでいく。無数の牙はゾルダの装甲を食い破り、王蛇は溢れ出る血をすすり上げ、さらにゾルダの首筋を狙って襲いかかった。

ゾルダは王蛇の胸にマグナバイザーの銃口をねじり込むようにして発砲した。

王蛇は咄嗟に身をかわしたが、かすった弾丸に血飛沫が散る。

ふたりが再び攻撃態勢に入った時、燦然《さんぜん》と輝く太陽の位置からふわりと白いものがゾルダの視界に舞い落ちてきた。

(雪か)

それはファムの翼から落ちる羽毛だった。

ファムは降下しながら薙刀《なぎなた》型の武器―ウイングスラッシャーを王蛇の背中に振り降ろした。

(やったか)

たしかな手応えをファムは感じた。が、王蛇は微動だにしない。

(ふん)

王蛇は鼻で笑ってファムに向き直り首を鳴らした。次の瞬間、ファムの下腹に閃光のような前蹴りを入れる。

ファムは飛び退きながらウイングシールドを発動した。

翼から放たれた無数の羽根がブリザードのように王蛇を飲み込む。

王蛇はベノサーベルで対抗した。素早い突きで襲いかかる羽根を次々と地面に叩き落とし、間合いを詰めて隙《すき》を窺《うかが》う。

王蛇がファムに躍りかかった時、

(やめろ)

羽毛の雪をかき分けるように龍騎が頭から突っ込んできた。

龍騎はファムを狙う王蛇のベノサーベルをドラグセイバーで弾き返した。

大丈夫か、と振り向いた途端、龍騎の顔面にファムの拳が叩き込まれる。

(邪魔だ! どけ! 浅倉威は私が倒す! こいつだけは絶対に!)

(よせ! お前、女だろ! 冷静になっておれの話を聞いてくれ。間違ってるんだよ、全部。こんな戦いもミラーワールドそのものも)

王蛇はベノサーベルを水平に振って龍騎の頭をなぎ払った。

ものすごい衝撃に龍騎の体が大きく吹っ飛ぶ。

(馬鹿め! 契約者バトルに男も女も関係あるか!)

王蛇は透き通った青空に向けて哄笑《こうしょう》した。

(来い、女! てめぇの腸を食ってやる)

先ほどファムの一撃を受けた王蛇の背中は無傷ではなかった。王蛇が動く度に鮮血が噴き上がり、周囲に漂う羽毛の流れを染めていく。

(マグナギガ!)

そう叫んだのはゾルダだった。

ふらふらと立ち上がった龍騎の目に、地中から出現する鋼の巨人─マグナギガの姿が飛び込んでくる。

(ち)

最初に逃走したのは王蛇だった。

契約者なら誰もがゾルダの必殺技を知っていた。マグナギガの背中にマグナバイザーを接続して引き金を引くと、マグナギガの体が開いて大量のミサイルが発射される。

(エンドオブワールド!)

ゾルダのファイナルベントが炸裂《さくれつ》した。

ミサイルの爆発が凄まじい炎を生み、太い火柱が空に向かって伸びていく。

その爆風に乗ってファムは海に飛び込んだ。

ミラーワールドの海には波がない。静謐《せいひつ》に張り詰めた海はそれ自体が巨大な鏡なのだ。

ファムの体が海の鏡に没する寸前、龍騎はその足首を摑んでいた。

真司が帰還した場所は美穂の部屋の中だった。

わけがわからず真司は室内を見回した。

自分は美穂の部屋から出て外に停めておいたバイクのサイドミラーからミラーワールドに飛び込んだはずだ。それからもっとファムと話がしたくて逃げるファムの足にしがみついた。それが、どうして美穂の部屋にいるのだろう。

しかも、自分は美穂の足を摑んでいる。

「痛い！　離してよ」

「あ、ごめん」

真司は慌てて手を離し、手を見つめた。

事態が飲み込めないままぼんやりと美穂の顔に視線を移す。

「帰って！　帰ってよ」

黙ったまま、真司は部屋を後にした。

12

翌日、真司は美穂に電話をかけた。

真司が言葉を発する前に美穂は、

「行く」とだけ言って電話を切った。

『なんでも屋』として真司は住所を公開しているので美穂が来るのに問題はない。

「なにこれ？　汚い部屋」

部屋に足を踏み入れると美穂はそう叫んで掃除を始めた。

床とカーペットに掃除機をかけ、水回りを磨き、窓を拭いた。

美穂の指示に従って真司も手伝う。

「ほら、雑巾を洗って」

「はい」

「バケツの水を替えて」

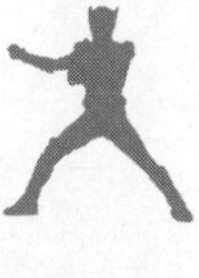

「はい」

最後に玄関に脱ぎ散らかされた三足の靴をきれいに並べ、靴紐《くつひも》を全部結び直した。

「なによ、この結び方、めちゃくちゃじゃない」

手先が不器用でリボン結びができないのだ、と真司は言い訳をした。

「もう、仕方ないなあ」

美穂が結んだ靴紐は、羽根を広げた蝶々が靴に止まっているようだった。

掃除が終わると真司は急須でお茶を入れて、ご苦労さま、と言いながら美穂に湯飲みを差し出した。

卓袱台《ちゃぶだい》に向かってふたり同時にズズッと音を立ててお茶をすする。

そうだ、漬物があった、と真司は冷蔵庫から沢庵《たくあん》を持ってきた。

ポリポリッと沢庵を食べ、またズズッとお茶をすすった。

「それで？」真司が訊ねる。「お前、あれか？」

「やっぱりその話、だよね」美穂が答える。「うん。私があれだよ」

「なんでお前があれなんだよ」

「それは私だってあれがあれなんだよ」

「いくらあれがあれでもあれはやめろってこの前言ったろーが！」

真司はドンッと湯飲みを卓袱台に叩きつけた。

「あち〜！」手首にお茶がかかって飛び上がる。

「大体、どうしてお前が契約者なんだよ。どんな願いがあるって言うんだ？　金か？」

「そんなの、質問に真司に言う必要ないじゃん」

「じゃあ、質問を変えよう。お前、おれが契約者だって知ってたのか？」

「うん。お好み焼きを食べた時ミラーワールドに入っていくのを見たから」

「なんでなんにも言わなかったんだよ」

「だって私が契約者だって知ったら、私を女として見なくなるでしょ？」

「意味がわからん」

「真司を利用しようと思ったんだよ」

美穂はズズッとお茶を飲み、くるくると表情の変わる目で真司を見つめた。

喜怒哀楽のすべての感情が瞳の奥で明滅している。

「そのためにはまず真司に私を好きになってもらわなくちゃ。まだちょっと正体をばらすのが早かったかな。それとも惚《ほ》れた？　私に」

「誰がだ！　とにかくお前、もう二度と戦うなよ！　いいな」

「人殺し！」

美穂の瞳から『喜』と『楽』が消えている。

「な、なんだよ。人殺しって。おれは誰も殺してないぞ」

「殺そうとしてるじゃない！　私の願いはね、殺された父さんと母さんを生き返らせることなんだ！　それを止めようってことは殺すことと同じだよ！」

「殺されたって……まさか、浅倉に……」

「そうだよ、あの殺人鬼のせいだよ！　私を止めたかったら真司が願いを叶えてよ！　父さんと母さんを生き返らせてよ！　できないだろ！　馬鹿！」

美穂は真司の顔にお茶をぶちまけて走り去った。


「またお前か」

蓮はマンションの階段の途中で立ち止まった。

自室に戻る外階段の踊り場で真司が膝を抱えて座っている。

「……なあ、蓮……」

真司は顔を上げて蓮を見つめた。

「人の名前を気安く呼ぶな」

「だって蓮だろ。それともハスか？　たしかハスって読むよな」

「なかなか学があるじゃないか」

「ま、待ってくれ」

真司は通り過ぎようとする蓮の腰にしがみついた。

「ファムの正体がわかったんだ。そいつは浅倉に両親を殺されて、だから契約者になったんだ。両親を復活させたいって。おれ、人殺しだって言われたよ。戦いを止めるのは両親を殺すことと同じだって。おれ、やっぱり間違ってるのかな。馬鹿なのかな」

「…………」

蓮は大きくため息をついた。

「お前、たしか前におれの願いを聞いたことがあったな。一緒に来い。答えを教えてやる」

蓮のバイクの後を原付きで追いかけ、十五分ほど走ったあと、真司は白壁の病院を見上げていた。そう言えば以前、蓮がこの病院から出てくるのを見かけたことがある。

「お前、病気なのか?」

「おれじゃない。いいから黙ってついてこい」

エレベーターに乗り、通路を進んだ。

案内された個室は窓からの西日を受けてすべてが薄いオレンジ色に染まっていた。

壁、天井、サイドテーブルの花も、それからベッドで眠る少女の顔も。

真司はしばらくの間、首をギプスで固定され、生命維持装置のチューブで繋《つな》がれた恵里の顔を見つめていた。

「これがおれの願いだ。どこの誰だか知らないがファムの言い分は正しい。おれが戦いをやめれば恵里が生きる可能性はなくなる」

「お前の……恋人か？」

「………」

蓮はそれには答えなかった。そんな踏み込んだ質問をする資格はお前にはないと言った沈黙である。

「でも、でも、おれはどうしてもわからないんだ」

真司は蓮と恵里から顔をそむけ、視線を落とした。

「たとえどんな願いであっても、そのために人を殺していいのかよ！」

「契約者はみんな死んでいるのと同じだ」蓮は西日を見つめ、目を細めた。

「だから殺すことにはならない」

「なんだよ、それ？　どう言う意味だよ」

「命を賭けた願いを持つ者は大きな傷を負っている。その傷のせいですでに死んでいるんだ。そんな人間が契約者になる。ま、浅倉だけは例外だがな。奴は多分、生まれた時から死んでいる」

「全然わかんねぇよ。そんなの、めちゃくちゃじゃないか」

「前にも言ったが、お前の取るべき道はひとつだ。契約者をやめろ。お前は生きているからな。ある意味で、おれはお前が羨ましいよ」

蓮は枯れはじめたテーブルの花をゴミ箱に捨てた。

その日、真司は眠れない夜を過ごした。

ショックだった。蓮も美穂も自分のために戦っていたわけではなかった。恋人と両親のために命を賭けていたのだ。それに比べて宝くじの当選を願った自分を深く恥じた。

間違っているのは自分の方なのではないかと疑った。要するに自分のしようとしているのはただのおせっかいなのではないのか。

故郷でのことが思い出された。昔から他人の悩みに首を突っ込み、おせっかいを焼きすぎて嫌われたものだ。

ふと、鍾乳洞のことが頭に浮かんだ。もしかしたら自分はまだあの迷路の中から抜け出していないのかもしれない。

おばあちゃん

何度も祖母に語りかけた。

きっと祖母なら、なにも考えるな、お前のできることをしろと言うだろう。人々のために尽くせ、不幸な人々を救ってやれ、と。

だが、今の真司には自分にできることがわからなかった。人のために尽くすという意味がわからない。

真司は鏡の教会で会った影のような存在を思い出した。

もし、彼が契約者バトルを仕切っている張本人ならもう一度会って話をしたい。契約者バトルの理由を、秘密を聞いてみたい。話によっては殴ってやりたい。元はと言えば、みんなあいつが悪いんじゃないのか？

真司は答えを見つけられないまま眠りに落ちた。


真司を病院に案内した翌日、恵里を見舞った蓮はテーブルの花に目をとめた。

昨日捨てた花に代わって、真っ白いユリの花が飾られている。

城戸真司という人が見舞いに来た、と優衣が教えた。

真司は花を花瓶に活けると長い間恵里の傍に佇《たたず》み、手を合わせて祈っていたという。

一瞬、蓮の頭に血が上った。

（奴め、よけいなことを！）

花を捨てようとして思いとどまる。

蓮には真司の心情が目に見えるようだった。

真司は恵里の回復を祈ったのだ。そうなれば、蓮は戦いをやめることができる。

蓮は花を床に叩きつけようとして花瓶に戻した。

たしかによけいなおせっかいには違いない。だが、恵里のために祈った、その祈りには嘘はない。恵里に向けられたその言葉を、誰が否定することができるだろう。
蓮はそっと恵里の頬に触れた。そして蓮もまた、恵里のために祈りはじめた。

13

優衣は蓮の部屋のベッドで暗い天井を見つめていた。

時計は夜の十時を過ぎている。

ついさっきまで隣にいた蓮は優衣の寝顔を確かめて姿を消したが優衣はただ瞼《まぶた》を閉じていただけだった。眠ってはいない。

このところ、優衣はまるで寝つけなかった。自分でも知らないうちに寝ているのかもしれないが最後に眠ったのがいつなのかはっきりしない。

逆に言えばずっと眠っているような感じもする。もう何年も前から夢の中にいるような。

と、言ってもそれは美しい夢ではなかった。ただ、なんとなくぼんやりとしている。すべての事物や出来事が現実感なく優衣の前を通り過ぎる。

優衣の前で蓮が鏡の中に姿を消したのはこれで二度めだった。

よせばいいのに、と優衣は思う。向こうに行ったっていいことなんてなにもない。
蓮は私を愛さない、だから蓮は大切な人だ
私も蓮を愛さない、だから蓮は傍《そば》にいる
夢の中で、愛はいらない
優衣はいつだったか覚えてないほど昔に自傷した全身の傷を指でなぞった。
腕の、胸の、脇腹の、足の傷痕が時々疼《うず》く。優衣にとってその傷だけが現実で、傷が痛みはじめると世界がくっきりと見えてくる。
だが、それは決して心地よいとは言えない。どちらかと言えばぼんやりしていた方が楽でいい。
すっと傷の疼きが消えていき、蓮が鏡の中から戻ってきた。
物音を立てないように毛布をめくり、優衣の隣に横になる。
ねぇ、蓮
優衣が言う。
あまり鏡の向こうに行かない方がいいよ、ろくなことがないから
蓮の表情が凍りついた。
お前、ミラーワールドのことを知っているのか？
うん、知ってるよ、昔、一度行ったことがあるから

☆

ねぇ、蓮、教えてあげる、私のことを
あなたは大切な人だから
私が五歳の頃、お父さんとお母さんは突然、いなくなった
お兄ちゃんはお父さんとお母さんは遠くへ旅行に行ったんだよ、と言ったけど、いまだに帰ってこないんだからよっぽど遠くに行ったのだろう
両親について覚えていることはあまりないけど、多分、仲のいい夫婦だった
私の家のキャビネットの上にはふたり一緒にヨットの上で肩を組んでいる写真が額に入れて飾ってあった
ふたりとも、サングラスをして麦わら帽子を被って、とても楽しそうに笑っていた
ふたりはよく私とお兄ちゃんを残して旅行に出掛けたけど、私はお兄ちゃんがいれば寂しくなかったし、必ずお土産を買ってきてくれるのがうれしかった
私の一番のお気に入りは貘《ばく》の骨で作ったというキーホルダーのお守りだった
茶色い骨のかけらになんだかぽかんとした変な顔が彫ってあって、お父さんは貘っていうのは人の夢を食べて生きているんだと教えてくれた

私はちょっと不思議な気がした
夢を食べているのに骨があるなんて、さぞかし不自由な人生を送ってるんだろうって
私はお兄ちゃんが大好きだった
お兄ちゃんはいつも私の傍にいていつも私と遊んでくれた
お兄ちゃんは片目が緑がかっていてすごく頭がよく、それから不思議な力を持っていた
その力のおかげで私は何度も救われた
と、言うのもお兄ちゃんは夢で私の不幸を予知することができたから
優衣、お前は明日、怪我をする、でも、心配することはない、ぼくがお前を守ってあげるから、ぼくがお前の代わりに怪我をしよう、そうすればお前は大丈夫だ
そう言ってお兄ちゃんはわざと包丁で腕を切ったり真っ赤に熱したフォークを脚に押し当てたりして私を救った
最初は私も信じなかった
だからお兄ちゃんにお願いした、もうやめて、私なら平気だから、私の代わりにお兄ちゃんが痛い思いをするのはもう嫌なの
お兄ちゃんは少し悲しそうに頷《うなず》いた
わかった、じゃあ、充分気をつけてくれ、お前は明日蛇に噛《か》まれる
あはは

と、私は笑った
大丈夫だよ、この辺に蛇なんかいないよ
でも、正しいのはお兄ちゃんの方だった
次の日に幼稚園に行ってお昼寝の時間になってタオルケットを巻いて寝ていたらどこからか教室に忍び込んできた蛇が私の耳を齧《かじ》ったの
もう大騒ぎだったわ、幸い毒のない蛇だったから病院で耳を消毒してもらっただけで済んだけど
しばらく耳は痛かったけど、私はお兄ちゃんが正しかったのがうれしかった
やっぱりお兄ちゃんはすごいんだって、そう思った
だから私はお父さんとお母さんがいなくなって叔母さんの家に引き取られることになった時、お兄ちゃんと離れ離れになるのが辛かった
お兄ちゃんは他の家に貰《もら》われていったから
叔母さんは優しかった
でも私は叔母さんが嫌いだった
叔母さんの顔はイボだらけで私に優しい言葉をかける度にそのイボがぐにゃぐにゃと動くのが気持ち悪かった
もし私が誰かを毒殺しようと思ったら、とびきり美味しい料理を作る

叔母さんの優しさはそういう種類の優しさだった
叔母さんには私よりふたつ年上の娘がいた
叔母さんは本当の娘にはとても厳しかった
よく物差しで娘の体を叩いていた
そうすると私の体に痣《あざ》ができた
娘が叩かれたのと同じ場所がひりひりと痛んで赤く腫れた
娘は時々私にいじわるをした、大抵は他愛ないイタズラだったけど、我慢できないこともあった
たとえば娘の誕生日に、娘は私にプレゼントを要求した
私が両親から貰った貘の骨のお守りをどうしても欲しいと言ってきかなかった
私は叔母さんに助けを求めた
これは大切なお守りなんです、これがなくなったら死んじゃうかもしれません
あら、いいじゃないの、と叔母さんは言った
死んだらお花畑に行けるのよ、お父さんとお母さんに会えるのよ
結局私は娘にお守りを奪われた
娘はキッチンのガスコンロでお守りを燃やした
すぐにお守りはどろどろと溶けはじめた

なんだ、ただのプラスティックじゃない、と娘は言った
貘の骨なんて嘘《うそ》じゃない、それに、どうしてあんたは死なないの？　お守りが消えたのになんで死なないの？
娘のいじわるには理由があった、私は昔から肌の色が真っ白で、娘はそれが羨ましくって仕方がなかった、娘は真っ黒だったから
娘は学校帰りによくわからない葉っぱや草を摘んできて私の顔に貼りつけた
特別なパックなのよ、と娘は言った、あんたがもっときれいになるように
私の顔は真っ赤にかぶれた
ぶつぶつができた
週に一度、お兄ちゃんは私に会いに叔母さんの家にやって来た
それだけが私の楽しみだった
お兄ちゃんは特別に頭のいい人が行く特別な学校に通っていた
それでも学校の勉強は退屈だって言っていた
だから自分で本を読んで勉強してるんだって
お兄ちゃんは魔術と科学の勉強をしていた
私にはよくわからなかったけど、魔術は結論で科学は過程だって話してくれた
科学的な過程は緻密で素晴らしいけど、魔術の結論には及ばないとか

叔母さんの娘はお兄ちゃんのことが好きだった
右目が緑っぽいところがかっこいいって騒いでいた
お兄ちゃんが来るとなると、前の日からそわそわして落ちつかない様子だった
私はお兄ちゃんに娘のいじわるを言いつけた、性格の悪い女だと言ってやった
少し考えてからお兄ちゃんは私の頭を撫《な》でてくれた
大丈夫だ、心配するな、ぼくがなんとかする、そう言ってくれた
お兄ちゃんの言う通り娘のいじめはぴたりとやんだ
それどころか私を見ると怯《おび》えたようにびくびくしておかしくなった
一度、お兄ちゃんは私を遊園地に連れていってくれたことがある
私はわくわくして前の日から眠れなかった
でも、そこは動かない遊園地だった
ずっと前に閉鎖されていてどの乗り物も動かなかった
がっかりして泣きそうな私の手を取ってお兄ちゃんは入り口の鎖をくぐって遊園地に走り込んだ
泣くな、優衣、とお兄ちゃんは言った
ここにはぼくの秘密の部屋があるんだ
それは『鏡の迷宮』だった

お兄ちゃんは私の手を握ったまま懐中電灯を点けて鏡の通路を進んでいった
少し歩くと広間に出た
そこは床も天井も壁も全部鏡でできていて、何人もの私とお兄ちゃんが映っていた
隅の方に難しそうな本が何冊も積んであって、私はここはお兄ちゃんの勉強部屋なんだろうと想像した
優衣、知ってるか、とお兄ちゃんは言った
お兄ちゃんがしゃべると鏡の中の何人ものお兄ちゃんも一緒にしゃべった
合わせ鏡の真実を
鏡の中に鏡があり、また鏡の中の鏡の中に鏡がある、そうやって無限に鏡が続き世界を映している
でもね、無数の鏡を通り抜け、鏡の底の底に落ちていくと、少しずつ、世界が変わってくるんだ
優衣は池に石を投げたことがあるだろう
幾重にも広がる波紋が次々と水面の風景を歪《ゆが》めていく
波紋が通り過ぎる度に世界は大きく歪んでいく、あれと同じだ
でも、鏡の世界はただの写し絵じゃあない
もうひとつの別の現実なんだ

昔の偉大な錬金術師たちはその秘密を知っていた
鏡の世界を旅することができた
ぼくもその秘密を手に入れて見せる
お兄ちゃん、と私は語りかけた
私も鏡の世界に連れていって、ここことは違う世界に
いつかね、とお兄ちゃんは笑った
まだその時じゃない、その時が来るまで、ぼくがお前を守ってあげる、いつもお前の傍にいる
でも、お兄ちゃんは嘘つきだった
私をおいて死んでしまった
外国の学校に行く途中、飛行機が落ちたのだ、と叔母さんが教えてくれた
私はいっぱい泣いたあと、ひとりで叔母さんの家を出て、動かない遊園地に行った
あの『鏡の迷宮』に行けばお兄ちゃんと会えるような気がした
お兄ちゃんは死んでないかもしれない
飛行機には乗らなかったかもしれない、鏡の部屋で本を読んでいるかもしれない
でも、遊園地は消えていた
なにもかも跡形もなく取り壊されてただ荒れ地だけが広がっていた

『鏡の迷宮』も、もうなかった
ただ、迷宮の跡地に一枚の鏡が落ちていた
私は鏡に向かって話しかけた
お兄ちゃん、出てきて、お兄ちゃん
お兄ちゃんの嘘つき、私の傍にいてくれるって言ったのに
どのくらいの時間、そこにいたのかはわからない
私の頭の上でたくさんの太陽と月が落ち、ある夜、鏡の中の私が消え、お兄ちゃんが現れた
私は鏡の中に落ちていった
そこは狂った星々の世界、波のない海が広がる世界、鏡の中の世界だった
お兄ちゃんは海辺の岩に座って星を見つめていた
ごめん、優衣
お前には悲しい想いをさせてしまった
でも、ここに来ちゃだめだ、早く帰りなさい、ここは生きている人間が来てはいけない場所なんだよ
私にはよくわからなかった
だってお兄ちゃん、いつか私を鏡の中の別の世界に連れていってくれるって言ったじゃ

ない
ここは違うんだ、とお兄ちゃんは言った
ここは世界と世界の繋《つな》ぎ目なんだ、ここはただ、通り過ぎるためだけの場所だ、早く帰りなさい、大丈夫、ぼくはずっとお前の傍にいる、本当だよ、いつもお前を守っているから
気がつくと私は遊園地の跡地に戻っていた
私は拾った鏡を持って家に帰った
それから部屋に閉じこもって何日も何日も鏡に向かってお兄ちゃんを呼んだ
もう一度お兄ちゃんに会いたかった
でも、だめだった、いくら呼んでも
私は鏡を壁に叩きつけた
パリンッと音がして鏡は粉々に砕け散った
私は死ぬほど後悔した、なんて馬鹿なんだろうと自分を恨んだ
これでもう二度とお兄ちゃんには会えないかもしれない
私は鏡の破片で自分の腕を傷つけた
最初は自分への罰のつもりだった
それからもっといいことを思いついた

私は傷口に鏡の破片を埋め込んだ
傷口が塞がるとまた体を切って破片を埋めた
そうやって何日もかけて鏡を体の中に取り込んだ
もう寂しくはなかった
私とお兄ちゃんはひとつだった
私は深い眠りに落ちて、目が覚めるとあの遊園地の跡地にいた
あれ、と思った
私はどうしてここにいるんだろう、たしか鏡を持って家に帰ったはずなのに
夜だった
私は『鏡の迷宮』の跡地に横たわって空を見上げた
雪が降っていた
暖かい雪だった
お兄ちゃんの手のように暖かい雪が私の上に落ちてきた

☆

優衣は蓮に抱かれていた。

優衣の体中に残る傷痕が赤く染まりぴりぴりと震える。
優衣は蓮を見てはいない。
感じてはいない。
（お兄ちゃん）
蓮の腕の中で優衣が呟《つぶや》く。
蓮は優衣の体から身を離す。
ノックの音がする。
ドアを開けると真司と美穂が立っていた。

14

北岡秀一は裁判所から一歩外に出た途端、ぎらつく太陽に手を翳《かざ》した。

梅雨が明け、季節は夏になろうとしている。

以前の秀一は裁判が終わった直後に見る太陽が好きだった。それは秀一のために輝くスポットライトであり、また、古代世界で英雄に与えられたという黄金の冠のようだった。太陽は秀一を祝福するためだけに輝いていた。

だが、今の秀一にとって太陽は罰に等しかった。祝福は刑罰に変わり、まるで秀一を焼き尽くそうとでもするかのように照りつける陽光が肌に痛い。

原因ははっきりとしていた。裁判に負けたからだ。

事件は珍しくもない痴情のもつれによる傷害だったが被告が有名人であったためにそれなりに世間の注目を集めていた。しかも状況から見て情状酌量《じょうじょうしゃくりょう》の余地が充分にあり負けるはずのない裁判だった。

それだけに痛い。

裁判所の階段を降りる秀一に待ち構えていた記者やカメラマンたちが群がってくる。法曹界の若きエリートとして栄光に包まれてきた者の失点だけにニュースバリューがあるらしい。

マスコミのやり方はいつも同じだ、そう思って秀一は心の中で舌打ちをした。一度持ち上げた人間を引きずり下ろす、そうすれば二度ニュースになる。

「今日の敗因について一言お願いします」

「控訴《こうそ》はしますか？」

記者たちが訊《たず》ねる。

控訴だって？　もちろんするさ
敗因だって？　裁判官たちの見識が低いんじゃないの？

秀一はいつものように気軽な調子で記者たちに応じながら、だが、本当の敗因は自分にあると自覚していた。

なにしろ最終弁論の際、突然、言葉を失ってしまったのだ。被告のために用意した弁護プランが途中からスッポリと抜け落ち、秀一はおよそ一分の間沈黙した。慌てて資料を読み直しなんとかその場を取り繕ったがとてもプロの仕事とは言えなかった。

「これで三連敗ですね」

記者に言われて秀一は思わず言葉を飲み込んだ。

そうか、おれは三回も負けていたのか
記憶になかった。

秀一は逃げるように記者たちをかき分け、吾郎が待つ黒塗りのベンツに走り込んだ。

「また、負けたよ。吾郎ちゃん」秀一は後部座席でネクタイを緩めた。

「やっぱり吾郎ちゃんの言う通り、しばらく仕事はお休みした方が良さそうだ」

ルームミラーの吾郎の顔がにっこりと笑った。

唇を金の糸で縫い合わせた吾郎はしゃべることができないが、秀一には吾郎の言いたいことがわかる。

(しばらくの辛抱ですよ、先生。契約者バトルに勝つまでの)

きっとそう言いたいのだ。

その通りだ、と秀一も思う。おれの人生は今まで完璧だった、できれば引き続き完璧な人生を送り、完璧なまま終わりたい。

事務所に戻った秀一は吾郎が作った夕食を取った。食事を終えると、吾郎がデザートと一緒に五種類の薬を運んでくる。

「もう薬はいいよ、吾郎ちゃん。全然効いてないじゃん」

(そう言わずに飲んでください。ドクターの指示ですから)

吾郎が手話で語りかける。(治ることはなくても病気の進行は遅くなっているはずです)

怪しいもんだな、薬を口に放り込みながら秀一は思った。とても病気が抑えられているとは思えない。むしろ、日々、ひどくなっている。

吾郎は本棚の片隅から引き抜いたアルバムを秀一の前で広げた。

それは秀一の母親が息子の成長を記録するために作ったプライベートアルバムだった。

そこに貼られた数々の写真を見ながら、過去の記憶を辿るのが最近の秀一の日課だった。記憶にしがみつき離さない。そうすることによって記憶の剝落《はくらく》を防ぐ。あるいは病気の進行を確認する。

吾郎が指さす写真の思い出を秀一は語った。

ああ、これは七五三の写真だ、ほら、おれが持っている千歳飴《ちとせあめ》の袋、これは撮影用でね、飴は食べさせてもらえなかった、母が虫歯を心配してね

これは小学校の運動会でリレーのアンカーを走った時の写真だ、おれは前を走る四人を抜いて優勝した、最高だったな

こっちは中学の入学式だな、有名な進学校だったが、もちろんおれはトップの成績で合格した

これは高校の弁論大会で優勝した時の写真だ、たしか論題は『民主主義の限界』、優勝トロフィーが意外と安っぽくてね、すぐに捨てたよ

この写真は大学在学中に司法試験に合格した時のものだ、特別な勉強はなにもしなかったが当然トップの成績だった、その後、弁護士バッジを貰《もら》ったんだけど金メッキだったので、純金製のものに作り直してもらった

吾郎が六枚めの写真を指さすと、秀一は突然、言葉に詰まった。

花束を手にした秀一が両親に挟まれている写真である。両親の顔はわかるのだがいつ、どこで撮影され、なぜ、自分が花束を持っているのかが思い出せない。

(これは先生が弁護士になって初めての勝利のお祝いの席の写真です)

そうだった

吾郎に教えられて思い出した。

忘れちゃだめだよな、引きつった笑みを浮かべて秀一が言う。初めての勝利と言えばおれが弁護したのは吾郎ちゃんだったもんな

吾郎が微笑む。

(はい。今の私があるのはすべて先生のおかげです)

秀一は曖昧《あいまい》に頷《うなず》いた。吾郎を弁護したことは覚えているが詳しい内容が思い出せない。

吾郎は強盗傷害の罪で告訴されたこと、その時、すでに同じ罪による執行猶予中だったことを秀一は忘れている。初めての裁判であるにもかかわらず秀一は相当強引な手を使った。金をばらまき、脅迫めいた取引を持ちかけ、黒を白にしたことを忘れている。

晴れて無罪になった吾郎は以後の人生をすべて秀一に捧げる決心をした。勾留《こうりゅう》中に何度も面接を重ねるうちに吾郎は秀一の情熱に打たれ、生まれて初めて他人に心を開いた。一度開いた扉は二度と閉じることはない。

子供の頃から罪を重ねてきた吾郎だったが、もしかしたら心の底で全霊をかけて尽くすべき人間を探していたのかもしれなかった。

秀一の病気を知った時、吾郎は沈黙を誓い願をかけた。秀一の快癒《かいゆ》を願い、その代わりに言葉を捨てると神に誓った。

完全に言葉を封印するために吾郎は金の糸で唇を縫い合わせた。飲食はわずかに開く唇の間から摂取できるものに限られた。

金の糸を選んだのは沈黙をより神聖なものとするためだった。吾郎の沈黙は神に捧げたものだ、だから神聖でなければならない。

「吾郎ちゃん、おれ、他の全部を忘れても、吾郎ちゃんのことは忘れないからさ」

秀一はアルバムを閉じ、天井に顔を向けて息を吐いた。「吾郎ちゃんだけだよ、おれのことをわかってくれるのはさ」

吾郎は秀一の首筋を見つめた。白い肌にうっすらと赤い痣《あざ》が残っている。きっと契約者バトルで受けた傷だ。

初めて仮面契約者の話を聞いた時、吾郎はさすがに秀一の正気を疑ったが、鏡の前で変身した秀一を見て、そんな自分を深く恥じた。

（先生ならきっと）吾郎は秀一の勝利を信じていた。（契約者バトルで勝って病気を治すことができる。先生ならきっと）

そうなったら吾郎は金の糸を切り、秀一と共に祝いの酒を飲むだろう。

「そろそろ晩メシにしようよ、吾郎ちゃん」秀一が言う。「おれ、腹減っちゃったよ」

もう食べたとは言えなかった。

吾郎は二度めの夕食の支度を始めた。

15

真司は美穂と一緒に蓮の部屋のリビングのソファに座っていた。

向かいには蓮と優衣が腰掛けている。

突然やって来た真司を、蓮は「入れ」とだけ言って部屋に上げた。

「丁度、おれもお前に会いたいと思っていたんだ」

蓮はそう言って真司を見つめた。

「なんだよ」真司が言う。「もしかして契約者をやめる決心がついたとか?」

「その女は?」美穂に目を移して蓮は訊《たず》ねた。

ファムだ、と真司が紹介し、美穂はよろしくお願いします、と言って頭を下げた。

「これから殺し合う仲だ。挨拶はいい」

「あ、ですよね。できればなるべく早く死んでください」

美穂は上目使いで蓮を見つめてにっこりと笑った。

その媚《こび》を売るような美穂の笑いに真司は少し腹を立てた。

この女は男と見れば誰にでもいい顔をするに違いない、きっとそうやって生きてきたんだ、おれのことを好きみたいなオーラ出しまくってたくせに、なんだよ
「そちらは？」今度は優衣に手を向けて真司が訊ねる。

「セフレだ」さらりと言う蓮に、ああ、そう、と聞き流そうとして真司は待てよと思い直した。セフレってなんだ？　サフレの聞き間違いか？　いや、この女がサフレであるはずはない。サフレはお菓子だ。

「なんだよ、セフレって」真司は思わず声を上げた。「お前には恵里さんがいるだろ！」

「だからセフレなんだ。が、そんなことはどうでもいい。まずはお前の用件を聞こう」

「なんだよセフレって！」

「帰るか？」

そう言われて真司はソファに腰を落とした。

「……あれから、おれ、色々と考えてみたんだけど」

気を落ちつかせて話しはじめる。

「蓮と美穂の気持ちはよくわかる。大切な人を失いたくないって言うのは人として当然だし。でも、やっぱりそのために命のやりとりをするのは間違っていると思う。どんなに悲しいことがあってもそれを受け入れて生きていくべきなんじゃないかな。みんなそうして

いるわけだし。どうしようもないことを受け入れながら生きるのが自然なんだよ」

「お前、そんなくだらない一般論を言いに来たのか？」

蓮はあからさまな侮蔑の表情で真司を見つめた。

「なんだよ、くだらないって。おれは間違ってないって信じてる」

美穂はわざとあくびをして吐き出す息を真司の顔に吹きかけた。最初から聞く耳を持っていない。

「大体、お前の言うことはなんの解決にもなっていない」蓮が続ける。「たとえおれが契約者をやめるとしても他の契約者を用意しなければならないんだぞ。同じことだ」

「それはおれも考えたさ」真司は身を乗り出した。「解決策はある。お前らが契約者をやめるとして、後継者におれを選べばいいんだ」

「なんだって？」そこで美穂は声を上げた。「どういう意味よ」

「お前らも知ってるだろ、契約者バトルのルールだよ。契約者が複数のエンブレムを持っちゃいけないとは書いてない。つまり全員がおれにエンブレムを渡して後継者におれを選べばいい。そうすればおれが最終勝利者になる。なんせ戦う相手がいないんだからな」

「それで？」美穂は真司に詰め寄って訊ねた。「どうするの？」

「勝利者が決まればきっとあの、影みたいな奴が出てくると思う。お前らも会ったろ、多分、契約者バトルの主催者だ。おれがあいつに会って話をつける。ミラーワールドを閉じてもう契約者バトルなんかやめろって」

「本当にそんなことができるの？　もしできるなら私の願いを、ううん、みんなの願いを叶えるように頼んでよ。それなら真司にエンブレムを渡してもいい」

「無理だな」

美穂の言葉に蓮が応えた。

「万一、お前がすべてのエンブレムを集め、戦わずして最終勝利者になったとしてもお前の願いは叶《かな》えられない。なぜなら主催者の目的は勝利者の願いを叶えることではないからだ。それは餌に過ぎない」

「なんでそんなことがわかるんだよ」

「主催者は神でも悪魔でもない。多分、優衣の兄だ」

優衣は三人のやりとりを聞きながら蓮がミラーワールドに飛び込んでいく理由を初めて知った。蓮は戦っていたのだ。自分の願いを叶えるために。命をかけても叶えたい願いを蓮はたしかに持っている。そしてまた、優衣は蓮の言葉は多分正しいと直感した。人間をミラーワールドに引きずり込むためにはミラーワールドの秘密を知悉《ちしつ》していなければならない。そんな人間は兄しかいない。

「優衣って？」

真司は改めて色の白いほっそりとした目の前の女に注目した。

「そうだ。優衣は昔、ミラーワールドで兄に会っている。あの世界で生存できる奴がそうそういるとは思えないからな」

「彼女の兄さんが……でも、なぜ……」

「それはおれにもわからない。だが、優衣の話によればどうやら彼はなんらかの方法でミラーワールドの扉を開ける秘密の知識を得たらしい。そしてその知識を持つ者は生死を超えて存在することができるようだ」

「でも主催者が優衣さんのお兄さんだとして、なんでわざわざ契約者バトルなんか仕組んだんだよ?」

「問題はそこだ。優衣、なにか心当たりはないのか?」

三人の視線を受けながら優衣はゆっくりと首を振った。

「わかりません。なにも」

「おれは今まで契約者バトルは神か悪魔かわからないが人智《じんち》を超えた存在によって仕組まれたものだと思っていた。だが、主催者が人間ならそいつはおれたちを戦わせることによってなんらかの目的を達成しようとしている可能性がある。もしそうなら、城戸、お前がいくらあがいても契約者バトルを終わらせることはできないということだ」

「ちょっと待って」美穂は立ち上がって優衣を睨《にら》んだ。「一体、願いは叶うの叶わないの?」

「わからないな」蓮が答える。「結局、戦ってみなければなにもわからない。契約者バトルの目的はなにか、本当に願いは叶うのか」

美穂はじっと優衣の顔を見つめていた。ふと、その顔に怯《おび》えが走ったのに蓮も真司も気づかない。

美穂の視線を受け止めて、うっすらと優衣は微笑みを浮かべた。

優衣は嘘をついていた。もし、戦いの主催者が兄ならばその目的には心当たりがあった。

私だ、と優衣は思う。お兄ちゃんは私のために戦いを始めた
なぜならお兄ちゃんだから
お兄ちゃんは私のために生きている、ただ、私を守るためだけに
「あの女……優衣だっけ？　絶対おかしいよ」

美穂はジージャンのポケットに手を突っ込み、建設中のビルの支柱に凭《もた》れていた。

「おかしいって、どこが？　きれいな人だったじゃないか」

真司も隣の支柱に背中を預け、鉄骨の間から洩《も》れる月の光を浴びていた。

蓮の部屋を出るとすでに午前〇時を過ぎていた。

ふたりは無言のまましばらく歩き、やがて美穂が「ちょっと話そうよ」と建設中のビル

に真司を誘った。

「まあ、真司にはわからないでしょうけど……なんて言うか、そこにいてそこにいないような。手を伸ばしても、すっと腕が体を通り抜けてしまうような」

「気持ちの悪いこと言うな」

「そう、気持ち悪いんだよ、あの女」

「だからよく知りもしない人のことを悪く言うなって」

「真司っていつも同じだね」

「なんだよ、それ」

「いつも正しいようなこと言うけど、結局問題はなにも解決できないじゃん。契約者バトルのことだってそうでしょ？　もしあの蓮とか言う人の言葉が正しいならさ、どうやってもバトルを終わらせることなんてできそうにないし」

「そんなのやってみなくちゃわからないだろ。蓮の言うことが正しいとは限らないし。なんの証拠もないんだしさ。大体、初めて紹介された女の兄さんが全部の仕掛け人だなんて言われてはいそうですかと信用できっかよ」

「私は信用するな。真司より蓮の方が頭良さそうだったし」

「それかよ」

「それに、私たちみんな信じられないような状況にいるわけでしょ？　なにが起こってもおかしくないよ」

「とにかくお前はお前のことだけを考えろ。おれにエンブレムを渡せ！　そしてもう契約者バトルのことは忘れるんだ」

「嫌だよ。私は浅倉威を殺してお父さんとお母さんを生き返らせるんだ。何度も言わせないでよ」

「だからそういうのは間違ってるんだよ！　お前こそ何度も言わせるな！　大体お前、おれが殺せるのか？　おれには無理だ！　おれにはお前を殺せない」

「殺せるよ！　私は！　もういいからいなくなってよ、真司！」

そう言う美穂の声は途中からヒステリックに高まっていった。

闇の中をヒュンと石が飛んできて真司の額に命中した。

「痛！　お、お前……！」

うずくまって額を押さえた。手のひらを見ると真っ赤に血が滲《にじ》んでいる。

「死んでよ！　あんたさえ、いなくなれば私はなにも考えないで戦えるんだ！」

顔を上げた真司を狙って、美穂が鉄パイプを振りかざして飛び込んでくる。

「よ、よせ！」

危うく飛び退いた真司の鼻先を掠《かす》めて、鉄パイプはビルの支柱を叩いて轟音《ごうおん》を立てた。

（こいつ、マジか）

闇に隠れて美穂の表情はわからない。だが、全身から漂う殺気は本物だった。

美穂は二度、三度と鉄パイプを振り回して真司を狙った。

「落ちつけ！　こんなことしたってなんの意味もないだろ！」

真司は懐に飛び込んで美穂の腰にしがみついた。

気がつくと真司は組み敷いた美穂の唇を噛んでいた。

ガランッと鉄パイプが地面を転がり、美穂は真司の首に腕を回した。

ふたりの指が絡み合い、もどかしそうに指を解いて互いの服を剝ぎ取りはじめる。

ふたつの裸体がぼうっと月明かりを受けて発光する。

真司の背中が弓なりにしなり月光を押し戻そうとするように蠢動《しゅんどう》した。

美穂は真司の背中に爪を立てた。首筋が脱皮をするように伸びたり縮んだりを繰り返す。ふたりはバネ仕掛けの罠のように、相手の体を離さなかった。


真司と別れて家に帰ると、美穂は冷蔵庫から取り出した缶ビールを一気に飲み干したため息をついた。

鼻の下についた泡を指で拭《ぬぐ》ってなめる。

美穂はキッチンのテーブルに突っ伏し、「あ～あ、やっちゃった」と呟《つぶや》いた。まさか殺そうとする相手とエッチをするとは思わなかった。

私は真司をどう思っているんだろう？　好きなのかな？　よくわからない。ただ、一緒にいて楽しいのはたしかだ。あんな面白い奴はいない。

「まあ、いいや」美穂は声に出して呟いた。

考えるのはやめよう。それでなくても今日は色々なことがありすぎた。

美穂は頭の中からすべての思考を排除して真司と抱き合った甘い余韻に全身を浸した。

久しぶりにいいエッチだった、今日はこのまま寝よう、考えるのは明日だ
その前にもう一本ビールを飲もうとして顔を上げると、目の前に優衣が座っていた。

「な、なんなの？」美穂はびっくりして凍りついた。「どっから入ったのよ？　もしかしてつけてた？」

驚かせたならごめんなさい、と優衣は小首をかしげてにっこりと笑った。

どうしてもあなたに聞きたいことがあって
「な、なによ」

人を好きになるってどう言うこと？　どうしたら人を好きになれるの？

やっぱりこの女はちょっとおかしい、と美穂は思った、いや、ちょっとどころの話じゃない、ものすごくおかしい
あなたはあの真司っていう人が好きなんでしょ？

優衣が続ける。

なら、教えて、どうしたら人を好きになれるのか
「なんでそんなことがわかるのよ」

頭に来た。今日初めて会った人間に見透かすようなことを言われたくない。大体美穂は自分でも自分の気持ちがわからないのだ。

私にはわかる、と優衣が答える。

私は人の気持ちを映すことができるから
意味不明だ、と美穂は思った。

「あなたは人を好きになったことないの？」

試しに訊ねた。

あるわ、でも、それじゃだめなの、私の愛は普通じゃないから
やっぱり意味がわからない。

美穂は、ふと、壁の鏡に視線を移してぞくりと震えた。優衣の姿が映っていない。

「あなたには無理よ」美穂は真っ直ぐに優衣を見つめた。「あなたには人を好きになれない。理由は自分でわかってるでしょ。もういいからとっとと帰って」

いい人ね、あなた
優衣の唇がくすりと微笑む。

蓮もいい人だし、真司さんもいい人、いい人同士で戦うなんて大変だね

そう言って優衣は姿を消した。

優衣は生命維持装置の小さな明かりだけが滲《にじ》む恵里の病室にやって来た。

心電図の信号が、一定のリズムで恵里の心音を刻んでいる。

サイドテーブルの見舞いのバラが薄闇を通してまるで燃えるように開いている。蓮か、真司が持ってきた花だ。あのふたりは、申し合わせているかのように交互に見舞いを続けている。

優衣はベッドに近寄り、穏やかに眠る恵里の顔をじっと見つめた。

無防備な顔だ。開き切って今にも落ちそうなバラと同じだ。

この女はずるい、と優衣は思った。

ただ、眠っているだけで人を愛し、愛されている。蓮を愛し、愛されている。

優衣は生命維持装置に手を伸ばした。

だが、今、この女の命は私の手の中にある、生命維持装置のスイッチを切ればそれで終わりだ

この女を殺せば、蓮は私を愛するだろうか？

私を愛する蓮を、私は愛するだろうか？

私は変わることができるだろうか？

もし変わることができるなら、兄がしようとしていることにも意味がある、兄が私に与えようとしているものを受け取ってもいい

優衣の指先が生命維持装置のスイッチに触れる。触れて離れる。

無理だ、と思う。

私がこの女を殺しても、蓮は私を愛さない、むしろ、より深くこの女を愛するだけだ

それでいい、と優衣は自分をあざ笑う。

たとえ蓮が私を愛しても私は蓮を愛さない、私を愛する蓮をきっと私は憎むだろう、最初から答えは出ている

私にできることはひとつしかない

翌日、優衣は蓮に別れを告げた。

私、もうあなたには会わない

そうか、と少し間を置いてから蓮は応えた。

そうだな、それでいい

それでいい、と蓮はもう一度自分に言い聞かせた。

最初からそういう関係だ。すれ違う者はただ後ろ姿を見送るだけだ。

優衣は病院からも姿を消した。

優衣の他にもうひとり、恵里には担当看護師がついていたが、蓮は彼女と話しているうちに優衣の不在を初めて知った。

なんのことですか？　看護師は眉を寄せて蓮に訊ねた。

そんな人、最初からいませんよ、恵里さんの担当は私だけです。

優衣は元々存在しなかったのだ。

実際に優衣を見たのはおれと真司と美穂だけだ、と蓮は心の中で確認した。

では、なぜおれたちだけが……

それはおれたちが仮面契約者だからだ、契約者はある意味でミラーワールドの住人だ
そして優衣もまたあちら側の者なのだ
もしかしたら優衣は恵里の意識を、人生を借りたのかもしれない。だから看護師志望だった恵里の前に看護師として現れ、そして蓮に抱かれた。

契約者バトルの仕掛け人が優衣の兄なら、蓮はその目的を知ったように思った。優衣の兄は命を探しているのかもしれない。優衣に与える新しい命を。

強烈な欲望を持ち、なおかつ戦いに勝ち残れる強い命を。

だとすれば最終勝利者の願いが叶っても、命と引き換えと言うことか。あるいは願いが叶った後に命を奪われると言うことか。

望むところだ、と蓮は思う。恵里が目覚めてくれるなら
それに、おれはもう引き返せない

16

「お好み焼きってなんで丸いのかな?」真司が呟く。

「そりゃあ、四角いと危ないからじゃない?」美穂が答える。

「そうそう、お好み焼きの角に頭ぶつけてもう大変……ってそんなわけねぇだろ」

真司と美穂はお好み焼きを食べていた。以前、美穂が奢《おご》ってくれた時と同じ店だ。

あの建設現場の夜から三日の間、真司は美穂に連絡を取ろうかどうか迷っていた。

ただ会いたいのか、同じ契約者として会いたいのかわからない。

何度も携帯をいじっていると美穂から電話がかかってきて、

「いい加減に連絡寄越しなさいよ。どうせ会いたいんでしょ? 男らしくないわね」

と言われて「ごめんなさい」と謝った。

美穂が四枚、真司が三枚のお好み焼きを食べると、「いい食いっぷりだねぇおふたりさん」と店の親父が声をかけてもんじゃ焼きを奢ってくれた。

真司はもんじゃ焼きにも青のりをかけた。たっぷりとかけて真っ黒になったもんじゃ焼きをうまそうに食べる。

「悪くないね」

「だろ」

美穂が言い、真司が応える。

美穂は紅ショウガをつまみながらビールを飲み、無理やり付き合わされた真司は耳の先まで赤くなった。

ビールを飲み終えるとアイスクリームを食べた。二度真司がお代わりをすると「食べすぎるとまたお腹が痛くなるよ」と美穂が呆れる。

「ま、いいけどね。そうしたらまた私がお腹をさすってあげる」

店を出るとふたりはぶらぶらと町を歩いた。

夕焼け空が美しい。もうすぐ夏だ。ふたりの間を熱い風が通り過ぎる。

最近雨が降っていない。今年の夏は水不足になるだろうと連日ニュースが伝えている。

「それで、どうするんだよ」

そう言われて美穂は真司の手を握った。

「うん。私、やめてもいいかなって思ってる。仮面契約者」

「ほんとか？」

ふたりは歩道のベンチに腰を下ろした。

「でも、ひとつ、条件があるんだ」

「なんだよ、言ってみろよ」

美穂は頭の後ろで手を組んで空を見上げた。丁度、美穂と垂直線で繋がる場所に一番星が光っている。

縁起がいい、と美穂は思った。もしかしたら今日が新しい人生の始まりになるかもしれない。

「もったいつけるな。早く言え」

「うん。真司も一緒にやめること。それが条件」

「……おれも……やめる……?」

「そう」

美穂は自分の気持ちに対して真司よりもずっと素直だった。

あの日、あなたは真司が好きなのだと優衣に言われ、翌日にはその言葉の正しさを認めていた。

真司といると、とにかく楽しい。楽しいということは幸せだということだ。一緒にいると幸せならばそれは好きだからに違いない。

真司は殺せない、と美穂は思った。死んで欲しくないもし契約者バトルの最終勝利者になっても、きっと今の自分は両親の甦《よみがえ》りを願わないだろう。真司に会いたいと頼むだろう。それでは戦う意味がない。

「どうなの？　嫌？」

黙考する真司の顔を覗《のぞ》き込んで美穂は訊ねた。

思いがけない美穂の条件に真司は混乱していた。

「嫌じゃないさ。おれだってできることなら契約者なんてやめたい。でも、やめるって言っても後継者はどうするんだよ。他の誰かを巻き込むわけにはいかないだろ」

「あの、蓮って人を後継者にすればいいんだよ。エンブレムを渡してさ。真司も言ってたじゃない？　そういうのはルール違反にはならないって。あの人なら断らないと思うな。全部で三つのエンブレムが手に入るんだから、それだけ強くなれるかもしれないし」

「…………」

多分、蓮なら嫌とは言わないだろう、と真司も思った。

むしろ喜んでエンブレムを受け取るに違いない。そしてナイト、龍騎、ファムの力を駆使して北岡秀一と浅倉威を倒すだろう。

でも、本当にそれでいいのだろうか？

もし真司と一緒に契約者をやめることができたなら、美穂にはひとつの夢があった。それはあまりにも恥ずかしく唐突な夢でさすがに真司には言えなかったがその夢の風景が両親への想いと浅倉への憎しみを隠していた。

美穂は以前、話に聞いた真司の故郷に行きたかった。どこまでも広がる林檎《りんご》の果樹園を見たかった。真司が言うように今はもう枯れてしまったかもしれないけれど、それならばもう一度林檎の苗を植えればいい。たとえ何年かかっても。

だめだ、と真司は思った。全部蓮に預けるなんてとてもできない。

それではなんの解決にもならない。

真司は祖母の言葉を思い出した。

この世には不幸が渦巻いている、お前の力で不幸な人々を救ってやれ
そうだ、おれだけが幸せになってもなんの意味もない、おれがしなければならないことはミラーワールドを閉じることだ、契約者バトル自体をやめさせることだ
真司と美穂が同時になにか言おうとした時、遠くからパトカーのサイレンが聞こえてきた。

サイレンは二重、三重になり、さらに幾重にも重なって夕暮れの空気を震わせた。

突然、街全体がざわつきはじめた。

家電量販店のテレビが一斉に臨時ニュースに切り替わった。

ニュースは浅倉威が人質を取ってコンビニエンスストアに立て籠《こ》もっていると伝えてい

た。

ここからそう遠くない場所だった。

(先生、コーヒーのお代わりは?)

由良吾郎は手話で北岡秀一に語りかけた。

「………」

秀一はそれには答えず、黙って浅倉威の動向を伝えるテレビ画面を見つめていた。

(やっぱり狂ってますね、浅倉威は)

「……ああ、そうだな」

秀一はテレビから壁の暖炉に目を移した。大理石の壁をくり抜いたような暖炉に今は火はなく、飾りの薪を重ねたインテリアになっている。

「火が消えてるよ」

(先生、暖炉は冬に燃やすものです。今はもう夏ですよ)

「ああ、そうだったな」

秀一はソファの背凭《せもた》れに体を沈めてため息をついた。

(先生、お休みになりますか? 今日は疲れたでしょう)

今日の秀一は朝から元気だった。病気になる前の秀一に戻ったように溌剌《はつらつ》としていた。

吾郎と一緒にスカッシュをし、マウンテンバイクでサイクリングを楽しみ、闇カジノでギャンブルをしてレストランに行った。

チャイニーズレストランでフカ鰭《ひれ》料理を食べながら秀一はこれからの夢を吾郎に語った。

契約者バトルに勝利して病気が治ったら、と秀一は言った。

まずは一緒に旅行にいこう、豪華客船で世界一周なんてどうよ、それからまた仕事に戻る、おれはもう一度登り詰めるよ

(先生ならできますよ、必ず)

秀一は暖炉を見つめながらコーヒーを飲もうとしたが、カップが空なのに気づいてお代わりを頼んだ。すぐに吾郎が持ってくる。

なんで暖炉に火が入っていないんだ、と秀一は思った。

子供の頃からおれは暖炉が好きだった、パチパチと燃える炎を見ていると気分が落ちつく

ふと、秀一はコメカミを押さえた。病気になってから、秀一は頭の芯のピリピリと疼《うず》くような痛みに悩んでいた。まるで無数の小さな虫が頭の中を少しずつ蝕《むしば》んでいるようだった。

その痛みがひどくなっている。

秀一はテレビを消そうとしてテーブルのリモコンに手を伸ばした。が、三つのリモコンのうちどれがテレビのものなのかわからない。

それにしてもひどいニュースだった。コンビニに立て籠もった犯人はすでに店員や客を何人も殺しているという。

浅倉威という名前には聞き覚えがあった。

誰だっけかな、とぼんやりと思う。たしか小学校のクラスメイトにそんな名前の奴がいたような気がする。

秀一は大きく口を開けてシャンデリアの吊るされた天井を向いた。

(先生?)

吾郎が訊ねる。

秀一はぽかんと口を開けたままだ。こうしていれば頭の中の虫が出ていってくれるかもしれない。シャンデリアの明かりを求めて飛んでいくかもしれない。

そうだ、虫は光が好きだ、と秀一は思う。おれは今まで光だった、だから虫が寄ってきた。でも、もういいだろう、もういっぱいおれを食べたろう、もういい加減に出ていってくれ

(先生、大丈夫ですか?)

吾郎が訊ねる。

秀一は吾郎に顔を向けた。
誰だ、こいつは、と思う。お前も虫か？　おれを食いたいのか、ふざけるな
秀一は暖炉の火掻き棒で吾郎の頭を殴打した。
吾郎の目に涙が溢《あふ》れた。
吾郎は沈黙の誓いを破って泣き声を上げた。
腹の底からの泣き声が唇を裂き、唇を縫う金色の糸が弾け飛んだ。

真司と美穂が現場に駆けつけた時、そこはすでに武装警官や報道関係者たちで溢れていた。

四台のパトカーがコンビニエンスストアをバリケードし、近づこうとするヤジ馬を警官たちが大声を上げて押し戻す。

人々の頭越しに見えるコンビニのガラス窓は鮮血で真っ赤に染まっていた。

その向こうで浅倉威の黒いシルエットが揺れている。

あいつ、なんてことを
真司は人々の騒乱の中で立ち尽くした。

真司が見つめる間にもガラス窓に血の塊が投げつけられ、まるで赤いカーテンが引かれるように視界が塞がる。

威は契約者になってからも殺人を続けていた。

その度に警察は武装警官を投入し、非常線を敷いたがどうしても威を捕まえることはできなかった。

威は警察をあざ笑うように姿を消した。

コンビニ内の床は血と内臓で溢れていた。

店内に転がるばらばら死体は、その手足を組み合わせても何人の死体になるのかわからない。

威はぶらりと店に現れ、店員はいらっしゃいませと声を上げる前に喉を裂かれた。

「臭せぇ。誰だ？　糞をたれやがったのは？」

そう言う威の呟きをはっきりと聞いた者は誰もいない。威の声は低く小さい。

威は店員や客を次々に切り刻んだ。

ふと、真司は自分の手のぬくもりが消えているのに気がついた。

さっきまで手を握っていたはずの美穂の姿がどこにも見えない。

「美穂！」

真司の叫びは人々の叫喚にかき消される。

嫌な予感が胸をよぎった。

美穂は真司から離れ、パトカーの陰に隠れてガラス窓越しに見え隠れする威の影を追っていた。

浅倉威の姿をひとめ見た時から美穂の中では憎悪の炎が甦った。

真司の笑顔が遠ざかる。憎しみの炎は美穂が夢見た美しい果樹園の風景を焼き尽くした。

威が最後の客を手にかけようとした時、
もうやめなよ
と、誰かが背後から声をかけた。

「誰だ？　貴様は？」

誰かが置き忘れた傘のように、ぽつりと優衣が立っていた。

私を殺していいからさ、そうすればすべてが終わる
威はじっと優衣を見つめた。

「だめだ。お前はなんの匂いもしない。殺しても意味がない」

面白い人、と優衣が微笑む。

「消えうせろ！」

威はすすり上げた血をプッと優衣に吹きかけた。

それと同時に待機していた武装警官たちが一斉に店内に雪崩れ込んだ。ガラスの割れる音、警官たちの怒声、催涙弾の炸裂音《さくれつおん》が響きわたる。

威は店内ミラーからミラーワールドへとダイブした。

17

そこはなだらかな起伏が果てしなく続く砂丘だった。

終わりかけた夕焼けが複雑な光を放射して、空全体が巨大な虹のように光っている。

七色の光は混じり合って金色になり砂丘を照らした。

その金色の照り返しの中、王蛇とゾルダはおよそ五メートルの距離を隔てて対峙《たいじ》していた。

威は王蛇の仮面の中で舌を伸ばした。その舌先が先ほど殺した人々の返り血を掬《すく》い上げる。

先に動いたのはゾルダだった。

王蛇に向け真っ直ぐに走りながらマグナバイザーを連射する。

王蛇は軽く体を開いて銃弾をかわした。

引いた右足で回し蹴りを放ち、ゾルダの腹部を攻撃する。

（誰だ？　貴様？）

王蛇はゾルダを睨《にら》みつけた。いつものゾルダではない。動きが鈍い。

ゾルダはがむしゃらに王蛇の腰にしがみついた。

力は強いがそれだけだ。契約者として、戦い方がまるでなっていない。

ゾルダの強みは飽くまでも飛び道具にある。いかに装甲が厚いとは言え、肉弾戦になれば動きが鈍い分不利になる。

それでもゾルダの怪力は王蛇を驚かせた。王蛇の体に腕を回し、鯖折《さばお》りの要領でぎりぎりと背骨を絞め上げてくる。

王蛇はドリル状の剣―ベノサーベルを逆手に握ってゾルダの背中に振り降ろした。

その切っ先を、ゾルダの装甲が弾き返す。

ゾルダが王蛇の背骨を折るか、王蛇がゾルダの装甲を破るか、勝負の行方はどちらかで決まる。

王蛇はまるで痛覚がないように冷静だった。背骨にひびが入っても動じない。

ただ、ゾルダの背中の一点を狙って何度もベノサーベルを叩きつける。

何度めかの剣撃がゾルダの装甲を粉砕した。ズッと根元までベノサーベルがゾルダの体内に沈んでいく。

王蛇は砂に倒れたゾルダの仮面を叩き割った。

血塗れの唇の、吾郎の顔が歪《ゆが》んでいた。

（先生……！）

吾郎は叫びながら虹色の空に手を伸ばした。

☆

暖炉の前のソファに座ったまま、北岡秀一は振り返って鏡を見つめた。

壁の鏡の向こうから、誰かが自分を呼んだ気がする。

秀一は気のせいか、と思い、そうか、鏡ってしゃべるのか、と呟いて、すぐに興味を失くして指をしゃぶった。

秀一はずっと指をしゃぶっていた。

千歳飴をなめているつもりだった。実際に甘い味が口の中に広がった。

秀一は長い間探していた千歳飴をようやく見つけてはしゃいでいた。

七五三のお祝いの日、せっかく買った千歳飴を母親は虫歯になるからと言ってどこかに隠した。その飴が目の前にある。

秀一は両手の指を一本ずつ口に含んだ。

涎《よだれ》が溢《あふ》れた。

指を喉の奥まで突っ込むと、激しく咳き込んでびっくりするぐらいの涎が流れて体を汚した。

その暖かさが心地いい。

涎は途切れることなくあとからあとから溢れ出て、秀一は気持ちよさそうに目をつぶった。

☆

吾郎の体が消滅すると、ファムは真っ白い翼を広げふわりと砂丘に降り立った。

美穂は突入した武装警官たちが浅倉威を発見できないのを知り、すぐにそのやり口に気がついた。仮面契約者であることを利用して威は犯行を繰り返している。ミラーワールドに逃げ込めば捕まることはない。

(許せない、こいつだけは！)

美穂の中でコンビニで殺された人々と両親の姿が重なっていた。

美穂の両親は旅行の途中で浅倉威に殺されていた。バイトで貯めた金で美穂がプレゼントした旅行だった。

赤信号で停車中の父親の車に、フロントガラスを破って突然飛び込んだ威はなんの理由もなく父と母を惨殺した。

(お前は人間じゃない！)

ファムは薙刀《なぎなた》状の武器―ウイングスラッシャーを下段に構えた。

(なぜ、殺した？　なぜ、殺す？)

(ああ？　臭ぇんだよ、人間は。殺すともっと臭くなる。もっと臭くなれば臭くなくなる)

王蛇は首を鳴らし、指を鳴らした。

(お前は狂ってる！　死ね！)

名残の夕焼けを受け、金色の砂丘の上で王蛇とファムの姿も金色に光る。

ファムは砂金を蹴って突進した。

下段に構えたウイングスラッシャーが王蛇の鳩尾《みぞおち》を狙っている。

王蛇はファムが攻撃を放つ前にウイングスラッシャーを踏みつけて動きを封じた。

一瞬、バランスを崩したファムはすぐに体勢を戻して手刀を振るった。

王蛇の顔を狙った手刀がヒュンと音を立てて空を切る。

ファムは周囲を見回した。

王蛇の体が蜃気楼《しんきろう》のように消えたのだ。

長く伸びた自分の影だけが広大な砂丘に落ちている。

ガッと足首をなにかが摑んだ。

王蛇は砂中に潜っていた。足首を摑んでそのままファムを引きずり込む。

あっと言う間にファムは胴体まで砂に沈んだ。

ファムの下半身に王蛇の体が絡みつく。

名残の夕焼けが消えようとしている。

虹色の空から色がひとつひとつ消えていく。

ぬっと王蛇は砂の中から顔をだし、さらに体を伸ばしてファムの片翼に齧《かじ》りついた。

鮮血と羽根が周囲に飛び散る。

王蛇はベリッと翼を引き千切り、砂地から飛び出して翼を大空に放り投げた。

ファムは奥歯を嚙みしめて悲鳴を堪えた。

これぐらい、なんだ、と自分に言い聞かせる。ただ、飛べなくなっただけだ
自分はまだ戦える
舞い上がった翼がどさりと落下して、王蛇は砂に埋まったままのファムを狙ってベノサーベルを振りかぶった。

次の瞬間、振り降ろされたベノサーベルをドラグセイバーが弾き返した。

(大丈夫か、美穂!)

龍騎が言う。

（お、遅いよ、真司！）

龍騎は王蛇の顔に拳を入れ、ファムを砂の中から助け出した。

遅くなったのはお前のせいだ、勝手に消えやがって、ずっとお前を探してたんだ、そう言おうとして真司は言葉を飲み込んだ。翼を奪われたファムの背中からだらだらと血が流れている。

（本当に大丈夫なのか、すごい血だぞ）

平気だって、このぐらいじゃ死なない、とファムが応える。

動揺する龍騎の背後で王蛇は音もなくジャンプした。

ベノサーベルに全体重をかけ、龍騎の後頭部を狙って振り降ろす。

（ぼやっとするな！　城戸！）

龍騎を救ったのはナイトだった。

ナイトはコウモリの翼のようなマントを広げ、王蛇の視界を塞いだのだ。

（ち！）

マントに押し戻され王蛇は砂地に膝をついた。

（蓮！）

ナイトに向けて龍騎が振り向く。

蓮は自分の行動に驚いていた。ミラーワールドに飛び込んだ瞬間、龍騎に躍りかかる王蛇を見て咄嗟《とっさ》に間に割って入った。

いや、と蓮は自分に言い聞かせる。助けたわけじゃない、浅倉威を倒すためには奴の力が必要なんだ
(城戸!　この際だ、手を組むぞ。浅倉を倒す)

(おう!)

望むところだった。

浅倉威を倒すのに躊躇《ためら》いはない。真司は戦いを止めるため威を説得しようとした自分の甘さを痛感していた。

おれのせいだ、と思う。多くの人が殺されたのも、美穂が傷を負ったのも。

おれが奴を倒さなかったせいだ
龍騎はドラグセイバーを、ナイトは槍状《やりじょう》の武器—ウイングランサーを手にゆっくりと王蛇に向き直った。

王蛇は首を鳴らし、指を鳴らした。

両者の間で、引き千切られたファムの翼が震えている。

ファムは傷の痛みに耐えながら戦いの行方を見守っていた。今の自分にはなにもできない。

先に動いたのは王蛇だった。ベノサーベルを回転させ、龍騎に、ナイトに獣の動きで襲

いかかる。

その予測できない攻撃に、ただ、龍騎とナイトは後退した。

臭ぇ……臭ぇ……

威の呟きの思念が龍騎とナイトに伝わってくる。

ずっと昔、威の幼い母親は便所の底に威を産み落とした。威はまだあの悪臭漂う空間にいた。汚物タンクの壁をよじ登って出口を目指すが、すぐに元の位置に滑り落ちる。だから、戦う。だから人を殺さなければならない。

ナイトのウイングランサーが王蛇の脇腹をぐさりと抉《えぐ》った。

王蛇は自分の血を握って顔に塗った。王蛇の仮面が赤く染まる。

（ベノスネーカー！）

契約モンスターの名を呼んで、王蛇は必殺技の体勢に入った。

（ドラグレッダー！）

龍騎もまた、必殺の構えで王蛇に応じる。

紫色の大蛇と赤い龍が現れる。

ベノスネーカーとドラグレッダーは互いを威嚇《いかく》するように咆哮《ほうこう》を上げた。

二匹のモンスターは頭をぶつけ合い、相手を叩き落とそうと尾を振るい、体をくねらせながら大空を回遊した。

龍騎と王蛇がジャンプする。

ベノスネーカーが毒液を吐き、ドラグレッダーが炎を吐く。

王蛇が毒液の激流に乗り、龍騎が炎の奔流に乗る。

そのスピードを受けてふたりは必殺のキックを放った。

同時にベノスネーカーが吐いた毒液の飛沫《しぶき》がうずくまったままのファムに降りかかりナイトは咄嗟《とっさ》に身を投げてファムを庇《かば》った。

次の瞬間、龍騎と王蛇の蹴りが真正面から激突した。

激烈なエネルギーが衝突し、巨大な爆炎が超新星のように光り輝く。

爆炎が消え、視界が戻った。

倒れていたのは龍騎だった。

（城戸！）

（真司！）

蓮と美穂が叫ぶ中、王蛇はゆっくりと龍騎に歩み寄った。

（美穂！）

ふっと顔を上げ、龍騎が叫んだ。

（とどめを刺せ！）

真司は自分が勝ったことを知っていた。自分の蹴りの方が一瞬早く王蛇を捕らえた。王蛇の蹴りは龍騎の顔を掠《かす》めただけだ。

王蛇の胸板が十文字に割れて鮮血が散った。

その手からベノサーベルが砂に落ちる。

(ブランウイング!)

ファムは立ち上がって契約モンスターの名を叫んだ。

現れた銀色の怪鳥が翼を広げる。

その羽ばたきが突風を生み、王蛇の体を吹き飛ばした。

飛来する王蛇を、ファムのウイングスラッシャーが切り落とす。

王蛇の仮面が砂に落ちた。

浅倉威は空に向かって哄笑《こうしょう》した。

空には満月がかかっている。

あそこが出口だ、と威は思った。

威はファムの首を両手で摑んだ。

それが命綱のように感じられる。この首にすがってあの満月まで登っていけば新しい世界がきっとひらける。

威の顔が、体が消滅していく。

最後にファムの首を摑む両手だけが残り、それも消えた。

いつの間にか空には星々がともり、無数の星座と星雲が狂ったように入り交じり落ちていった。

美穂は現実世界に帰還するとすぐに真司に抱きついて唇を重ねた。

「な、なんだよ、いきなり」

真司はびっくりして体を離した。相変わらず美穂はなにをするかわからない。

「歯に青のりが付いてたから取ってあげたんだよ」

そう言われて真司はついさっきまで美穂と一緒にお好み焼きを食べていたのを思い出した。あれから何時間も過ぎたような気がするがまだ二十分しか経っていない。

「そんなことよりお前、大丈夫なのかよ。ちょっと傷口を見せてみろ」

「平気だって。翼の一本や二本」

真司の頭の中で引き千切られて地面で羽ばたく血塗《ちまみ》れの翼が甦《よみがえ》った。

「ファムの体って意外と丈夫なんだよ。だから私も平気」

「本当かよ。無理してんじゃないだろうな」

「本当だよ。私、生まれてから一度も無理なんてしたことないもん」

なるほど、と真司は思った。美穂ならきっとそうだろう。

「お前、ひどいじゃないか。勝手に戦いに行きやがって」真司は通りのベンチに座って改めて美穂を非難した。

「契約者をやめるって言ったくせに」

「やめるよ。もうやめる。浅倉も倒したしさ。もう気が済んだよ。真司も一緒にやめてくれるんだよね」

「………………」

そう言われて言葉に詰まった。

「……おれは……」

「いいよ。無理しなくて。わかってるから」

美穂は真司の肩に頭をもたせた。

「今やめたら逃げることになっちゃうもんね。わかってる。真司はやりたいようにやればいいよ。私、待ってるからさ」

美穂は白鳥の形のエンブレムを真司に渡した。

「好きにしていいよ。私、待ってる」

もう一度言う。「真司がちゃんと答えを出して帰ってくるのを」

うん、と真司が力強く頷くのを確かめて美穂はそろそろ帰ると言って立ち上がった。

送っていこうか、と言う真司に、大丈夫、と笑って答える。

最後に美穂は解けかけた真司の靴の紐を結び直した。

バイバイと手を振って歩き出し、
ねぇ
と、もう一度立ち止まって声をかける。
なんだよ
いつかさ、真司が生まれた田舎に連れていって
ああ、連れてってやる、と真司が言う。
それもいいな、と真司は思った。たとえ林檎の果樹園が消えていても。人々に見捨てられて今はもう無人の廃墟《はいきょ》になっていても、それでもいい
おれが生まれた故郷を美穂に見せたい
「連れてってやるよ」
真司は遠ざかる美穂の後ろ姿にもう一度叫んだ。
真司と別れて美穂はすぐにタクシーを拾った。
「海へ」と言う。
誰も自分を見つけることのできない場所に行かなければならなかった。
真司に自分の死を知られたくない。
背中の傷から溢れる血がジージャンの裾から流れてシートを汚した。

車から降りて砂浜を歩いた。
真司の笑顔が思い浮かび、つられて美穂もくすりと笑った。
さて
そう呟いて水平線の彼方に目をやった。
そろそろ死ぬか
美穂は水の中に体を沈めた。

18

翌日、真司は意外な人物の訪問を受けた。

お昼過ぎまで寝ていた真司がチャイムの音に玄関を開けると優衣が青白い顔をして立っていた。

一瞬、真司はきょとんとした顔で優衣を見つめた。優衣が訪ねてくる理由が見つからないし、なぜ真司の家を知っているのかもわからない。

だが、蓮が病気なんです、と言われてそんなことはどうでもよくなり真司は優衣と一緒に家を出た。

蓮はベッドの上でぐったりと意識を失くしていた。

顔が紫色に充血し、ひどい高熱に魘《うな》されて時々意味不明の声を上げる。

「蓮！　おい、蓮！　しっかりしろ！」

真司が呼びかけても反応がない。

病院に連れていこうと言う真司に、多分、無駄です、優衣は応えた。

「どういう意味だよ、無駄って」

ミラーワールドでなにか毒物に触れませんでしたか？

そう言われて思い出した。

王蛇との戦いの最中、蓮は美穂を庇《かば》ってベノスネーカーが吐く毒液を浴びた。

たしかにあの毒のせいだと言われれば辻褄《つじつま》が合う。

真司は冷蔵庫から大根を取り出し、いきなりおろし金でおろしはじめた。

なにを？

訊ねる優衣に、おばあちゃんに教わったんだ、と真司は答えた。

毒蛇に噛まれたら大根おろしを塗ればいいって
そんなことをしても無駄です、ミラーワールドの毒の解毒剤はこちらの世界には存在しません
その言葉に真司は改めて優衣を見つめた。

一体、この女はなんなんだ、どうしてそんなことを知ってるんだ？　たしか子供の頃ミラーワールドに行ったことがあるって言ってたけど
同時に真司は蓮の言葉を思い出した。

契約者バトルの主催者は優衣の兄だ、そう蓮は言っていた。

「じゃあどうすればいいんだよ！　このまま見殺しにしろってのか？」

真司の大声に優衣は一歩退いて沈黙した。

「蓮は……蓮はな、本当はすっげぇいい奴なんだよ。こいつは自分の彼女のために命を賭けて戦っている。普通できるか、そんなこと。こいつは誰よりも優しい奴なんだ。おれを助けてくれたことだってある、敵であるはずのおれを」

真司は昨日の戦いを思い出した。

王蛇の一撃が決まる寸前、蓮はマントを広げて真司を守った。

あの時、真司はそんな蓮の行動を当然の行為として受け入れた。そして今、真司はそれを当然と思った自分の気持ちに驚いていた。

真司はいつの間にか蓮を信用するようになっていたのだ。

一体、いつからだったろう。

恵里のことを知ったからか？　そうかもしれない。

真司の話を聞いてくれたからか？　そうかもしれない。

蓮はなんだかんだ言っても契約者バトルを止めようとする真司の言い分を聞いてくれた。

最後には拳にものを言わせることもあったけれど、蓮は真司の主張を聞いて反論した。北岡や浅倉とはまるで違う。

それは蓮の誠実さの証拠ではなかったか？

「どうすればいいんだよ！」
真司はもう一度声を上げた。
ひとつだけ、方法があるかもしれません
少しの間を置いて優衣は答えた。
毒がミラーワールドのものなら、ミラーワールドに解毒剤があるかもしれない。
もっともな意見だったがまるで雲を摑むような話である。
ミラーワールドのどこを探し、なにを手に入ればいいのかわからない。
真司の疑問に、考えがある、と優衣は言った。
一緒にミラーワールドに行きましょう
他に選択肢はなかった。
真司は龍騎に変身した。
ミラーワールドに飛び込んだ龍騎は鬱蒼《うっそう》と生い茂った森の中に着地した。
森のひんやりとした空気が仮面の中にまで流れ込む。
森と言ってもそこで生きるものはなにもいない。
鳥も鳴かない。虫も鳴かない。
（お兄ちゃん、どこ？　お兄ちゃん？）

優衣の思念が真司に届いた。

少し離れた木立の間で、優衣が周囲を見回しながら叫んでいる。

(出てきて！　お兄ちゃん！　お願いがあるの！　出てきてよ、お兄ちゃん)

その呼びかけに応じるように森の中に紫色の霧が漂いはじめた。

霧は急速に濃度を増し、まるで生き物のように渦を巻いた。やがてその渦の中から古びた教会が現れる。

以前、真司が訪ねたことのある教会、その鏡の間にびっしりと記された無数の人々の願いを宿《やど》す教会、すべての始まりとなった教会だった。

教会の入り口から黒い影が姿を現す。

その色濃い影は黒い僧衣を纏《まと》った僧侶を思わせ、またすべてを失った物乞《ものご》いにも見える。

真司は影の底で光る緑の目を見たように思った。

すべてはあいつのせいだ
真司は影をぶっ飛ばしたい衝動にかられた。奴をぶん殴ってもう全部を終わりにしたい。だが、今は蓮を助ける方が先だ。

(お兄ちゃん！)

(優衣、お前の願いはわかっている)影が優衣に語りかけた。(秋山蓮を救うためにはミラーワールドの水を飲ませればそれでいい。水は祝福となり、毒を洗い流すだろう)

それを聞いた真司の行動は迅速だった。

森の中を走り回って湖を探した。そっと水を両手で掬《すく》い、鏡のような湖面を利用して現実世界に戻っていく。

だが、帰還した真司は呆然《ほうぜん》と手のひらを見つめた。掬ったはずの水が消えている。

何度やっても同じだった。手の中の水は真司が現実に帰った瞬間に消滅した。

ひょっとしたら、と真司は思った。ミラーワールドのものを現実世界に持ち込むことはできないのではないか？　もしそうなら、あの影男はとんでもない食わせもんだ。

それでも真司は湖と蓮の部屋の往復を続けた。他にどうすればいいのかわからない。

ふと、水を掬う真司の隣に白い手が差し出された。

優衣の手が湖水を溜めて真司を見つめる。

（大丈夫、私ならできるわ）

優衣の言う通りだった。

優衣の手の中の水は現実に帰っても消えることなく蓮の唇に零れ落ちた。

☆

なあ、恵里、覚えているか、おれたちが初めて会った時のことを。お前はガス欠を故障と間違えておれが働くショップにバイクを運んできたっけな。馬鹿に目のでかい女だ、それが最初の印象だった。もっともお前の方もおれにろくな印象を持たなかったに違いない。あの頃のおれは陰鬱な日々を送っていた。どう生きていいのかわからなくてな。なにをしても楽しくなかった。馬鹿な走りをして馬鹿な喧嘩《けんか》を繰り返し毎日をただやり過ごしていた。お前はそんなおれを救ってくれた。おれはお前の素直さが好きだった。きれいなものをきれいだと言い、美味しいものを美味しいと言う、そんな素直さが好きだった。そんなこと？　とお前は言うかもしれない。でもな、それって難しいことなんだぜ。みんな先入観で物を見て、先入観で食べるからな。きちんと物を見るためには見る者が空っぽじゃないとだめなんだ。別に頭が空っぽって意味じゃないぜ。心によけいなものがないって意味だ。

なあ、恵里、おれはちゃんとお前を愛せたかな？　お前がきれいなものをきれいと言うように、ただ、お前を愛せたかな。おれと過ごした時間はそう長くはなかったがお前は幸せだったのかな。今お前は眠っているけど、お前が見ている夢がおれと一緒に見た景色だったらうれしいと思う。ふたりで見た雪の海や真っ赤に紅葉した木々だったらうれしいと思う。なあ、恵里、おれはもっとお前を知りたいしおれを知って欲しい。お前が好きなものを好きになりたいしおれが好きなものを好きになって欲しい。

お前とは行けなかったけどおれは山を登るのが好きだ。山に登って渓流で釣りをする。

キャンプを張るのも悪くない。お前は体力のある方じゃないから延ばし延ばしにしてたけど、今思えば無理をしてでも連れていけばよかったな。

晩飯は魚を焼いたり山菜を摘む。そして夜になったらお前に聞かせたい声がある。山の声だ。知ってるか？　山は鳴くんだ。夜になると目を覚まして鳴きはじめる。どんな声かって？　それはお前が自分の耳で聞けばいい。きっとお前ならおれよりも深く山の声を聞けるだろう。そうしたらおれに教えてくれ。山は喜んでいるのか、悲しんでいるのか。

山の鳴き声は朝日の最初の光が射した瞬間にやむ。その代わりに一斉に鳥たちが鳴きはじめる。おれたちはコーヒーを飲みながらその瞬間を待つ。春には緑が眩しいだろう、夏には一層空が青く、秋には木々が色づいて、冬には雪が心を洗う。そうやってすべての季節をともに過ごそう。大丈夫、お前の傍にはいつも必ずおれがいる。

☆

ベッドの上で蓮はうっすらと目を開いた。

ベッドの端に頭を預け、穏やかに眠る真司の顔がぼんやりと見える。

蓮はハッとして身を起こした。

同時に額のタオルが膝に落ちる。

記憶がはっきりとしない。王蛇の毒液を浴びてミラーワールドから帰還した直後に具合が悪くなったところまでは覚えている。それからがわからない。

真司の横の床に水の入った洗面器が置かれている。

「おい、城戸、起きろ！　城戸！」

蓮は真司の耳元で声を上げた。

真司は眠そうな目をこすって蓮を見つめた。

「れ、蓮！　お前、もういいのか！　本当に治ったのか？」

「らしいな。気分は悪くない」

「お、お前……」

真司の目に涙が滲《にじ》んだ。

「お前、泣くつもりか？」

「誰が泣くか」ぐっと奥歯を噛んで涙を堪えた。「別におれはお前を助けたわけじゃないからな。借りを返しただけだ」

「ああ、それでいい。おれたちはそれでいい」

真司は泣き顔を引っ込めると、今度は緩んだ笑顔を蓮に向けた。

「なにか欲しいものとかあるか？」

「水を頼む」

蓮はコップの水を一息に飲み干しお代わりを頼んだ。

まだ体にだるさの残る蓮はここに真司がいることに安心感を覚えていた。そんな自分に驚きつつ、また水のお代わりを頼む。

おれは城戸の奴を信頼しているのか
いつからだったろうと蓮は思う。

恵里のために祈ってくれた時からか。そうかもしれない。

正義ぶったくだらない説教を聞いているうちに情が移ったのか。そうかもしれない。

こいつは馬鹿だ、と今でも思う。戦いを止めようとする矛盾に気づかず、答えの出ない答えを求めてあがいている。馬鹿で、だが、純粋だ
もしかしたら、と蓮は思った。こいつは恵里に似ているのかもしれない
恵里と同じように、こいつもなんの先入観も持たずにきれいなものをきれいだと言うだろう。

「しかし、わからないな」何杯めかの水を飲み終えると蓮は訊ねた。「お前、どうしておれが病気だとわかった?」

「ああ、じつはな、全部、優衣さんのおかげなんだ」

真司は蓮が寝ている間に起こったことを説明した。

優衣が真司の部屋にやって来たこと、一緒にミラーワールドに行って優衣の兄に会った

こと……。

「優衣の兄貴に？」

「ああ。やっぱりお前の言う通りだった。あいつが契約者バトルを仕組んだんだ」

「…………」

嫌な予感がした。理由はわからないが、優衣と優衣の兄は会ってはいけない、そんな気がする。

「優衣は今どこにいる？」

「そう言えばどこに行ったのかな。さっきまでここにいたのに」

そう言えば、と真司はもう一度繰り返した。

「おれ、変な夢を見た。いや、夢じゃないかもしれないけど……よくわからないな」

「なにが言いたい？」

「優衣さん、言ってたような気がする。私が戦いを止めるって」

ベッドから跳ね起き、蓮は真司の胸ぐらを掴んだ。

「案内しろ！　優衣の兄と会った場所に」

龍騎とナイトはミラーワールドの森の中を彷徨《さまよ》っていた。

森はどこに行っても同じような風景でまるで迷路のようだった。

大体、まだあそこに鏡の教会が存在しているのかどうかもわからない。あの教会はきっと蜃気楼のようにミラーワールドの中を移動しているに違いない。

(おい、城戸、しっかりしろ！　ここはさっき通った場所だぞ)

(うるせぇな！　わかってるよ)

そう答えると同時に背中に衝撃を受けて転倒した。

木陰から現れた数匹のミラーモンスターがごちゃごちゃと絡み合いながら転がってくる。

龍騎とナイトは剣を振るい、切断されたモンスターたちの手足が宙を舞った。

ここはモンスターたちの巣になっているようだった。

昆虫型のモンスターは樹皮を引き裂いて木の内部から次から次へと出現して龍騎とナイトに襲いかかった。

森の中では剣の使用に限界がある。ふたりは武器を収めて拳と蹴りで対抗した。

龍騎の蹴りを受けたモンスターが樹木に激突してぐしゃりと潰《つぶ》れる。

ナイトの拳を受けて吹っ飛んだモンスターがぐさりと枝に突き刺さる。

ふたりはモンスターたちを倒しながら一方に走った。飛散するモンスターの体液がふたりの体をべっとりと汚した。

(大丈夫か、蓮)

蓮はまだ病み上がりだ。

(自分の心配をしろ！)

蓮は真司に躍りかかるモンスターを投げ飛ばし、踏み潰した。

その時、

(お願い、お兄ちゃん)

と声が聞こえた。

遠くの木々の間に教会が見える。

優衣は人の形の黒い影に詰め寄るように叫んでいた。

(お兄ちゃん、もう戦いをやめさせて！　私、新しい命なんていらない)

龍騎とナイトは襲いかかるモンスターたちの波の中でもがいていた。

どうしても波を乗り越えることができない。ただ、優衣と兄の思念の声を聞くだけだ。

（優衣、おれを困らせるな。お前は幸せにならなければならない。お前のためにもおれのためにも。今のお前は死んでもいないし生きてもいない。だが、新しい命を得ればまた人としての道を歩けるだろう)

(私だって幸せになりたいよ！　でも、だからって人の命を奪うなんて)

(奪うわけではない。借りるだけだ。お前に命を与えた者はお前と共に生きるだろう。お前はなにも心配するな。契約者は戦いに勝ち残ればどんな願いも叶えられる。代償を払うのは当然のことだ)

どういうことだ？　真司はモンスターと戦いながら蓮に訊ねた。契約者バトルに勝った者の命を優衣さんに与えるってのか？

ああ、そんなところだ、と蓮が答える。

（優衣、前にも言ったことがあるだろう。無限に世界を映す合わせ鏡の底の底では世界が少しずつ違っている。おれは戦いに勝った者を好きな世界に連れていこう。そこがその者の現実になる）

（そんなの嘘《うそ》の世界じゃない。わからないの、お兄ちゃん？　お兄ちゃんのしようとしていることは全部嘘なんだよ）

（違う、優衣。すべては現実だ。お前以外は。だからお前には命が必要なのだ。お前はおれの命でもある。だから生きろ。優衣、お前の運命はもう決まっている。おれがそう決めたのだ）

（違うよ、お兄ちゃん）優衣の声が消えかけている。（私の運命は私が決める）

何匹のモンスターを倒したのかわからなかった。龍騎とナイトが教会の前に飛び出した時、すでに優衣の姿は消えていた。

黒い影がふたりに向かって手のひらを向ける。

瞬間的に森全体が傾いた。ふたりの背後からなおも襲いかかるモンスターたちが影の力を受けて消滅する。

（優衣を探せ）と影はふたりに命令した。

蓮は初めて相手の顔を間近で見た。それは影ではない。ミイラのように小さく縮こまった人間だった。醜《みにく》く歪《ゆが》んだ顔の中で、右目だけが美しい緑色に光っている。

ふと、蓮は目の前の男に同情を感じた。

この男は無限に続く鏡の世界を旅しながら少しずつ自分を擦り減らしていったに違いない。途方もない苦痛を味わいながら。それもおそらく優衣のために。

真司と蓮は優衣を探しながら街の中を走っていた。

街の鏡やガラスに映る緑の目が道を教える。

そうしながらも黒い影は説得を続けた。

(優衣、お前は間違っている。お前は知らないんだ。生きることの意味を。生きることの素晴らしさを)

だが、優衣はなにも応えない。優衣の声は聞こえない。

(優衣、覚えているか？　気づいていたか？　おれはお前を守ると約束した。ずっとお前の傍にいた。これからもおれはお前を守る。だから生きろ。お前が生きればおれたちはひとつになれる)

真司と蓮は雑居ビルの屋上に飛び出した。

破れた金網の向こう、ビルの端にぽつりと優衣が立っている。

「優衣！　よせ！」

蓮の声に振り向いた優衣の顔が少し笑った。

真司と蓮は同時に優衣に向けて手を伸ばし、同時になにもない空を摑んだ。

一本の棒が倒れるように、ほっそりとした優衣の体が傾いて落ちる。

地面に激突した優衣の体は粉々に砕け、無数の鏡の破片となって飛散した。

☆

龍騎とナイトはミラーワールドで対峙《たいじ》していた。

今日のミラーワールドに星はない。ただ、傷口のような新月だけがふたりの頭上にかかっている。

色濃い闇のせいで周囲の風景はなにも見えない。

ただ、龍騎とナイトの仮面だけが淡い月の光を受けてぼうと闇に浮かんでいる。

（やっぱりやるのかよ）

（ああ）

龍騎が訊ね、ナイトが答える。

（もう願いは叶わないんだぞ）

優衣が身を投げた直後の異変をふたりは忘れることができない。

あの時、この世に存在するすべての鏡に黒い影が現れて絶叫を上げた。

聞く者の魂をねじり上げるような悲鳴だった。

その、自らが発した叫びに飲み込まれるように影はぐにゃりと歪んで消滅した。影は、死んだのだ。

(いや、叶うさ)

(なんでだよ。契約者バトルを仕組んだ奴は死んだんだぞ)

(じゃあ、なぜおれたちは変身できる？　なぜミラーワールドが存在する？)

(それは……わからないけど)

(勝った者が欲しいものを手に入れる。それがミラーワールドの法則だからだ。優衣の兄は主催者じゃない。ただの解説者に過ぎなかった。考えてもみろ、現実世界だってみんな自分の欲のために戦っている。他人を蹴落として夢を叶える。わかるか？　人間はみんな契約者なんだよ。ミラーワールドもそれと同じだ。現実の法則を映しているに過ぎん。だから願いは叶う。それが自然なことなんだ)

(…………)

蓮は仮面の下で悲しげに歪む真司の顔を見たように思った。

(じゃあ、おれは戦いを止めるために戦う)

（馬鹿げたことだ）

（わかってるさ、それぐらい。でも、おれにはそれしかできないんだ）

（城戸、お前には願いはないのか？　戦いを止めることなんて言うなよ。お前自身の、お前のためだけの夢だ）

（あるさ）

（聞かせてくれ）

（おれの故郷で、みんなに会うんだ）

ふと、真司は夜空を見上げた。

（赤く実った林檎の木の下で、お前と、恵里さんと、美穂と、優衣さん、みんなと会うんだ。偶然だって構わない。そこでみんな初めて会って知り合いになる）

（それで？）

（あとは出会ってからのお楽しみさ）

（いい夢だ）

（でもおれのは叶わなくていい。夢でいいんだ）

ナイトが変身を解き、それに応えて龍騎も真司の姿に戻っていく。

（戦ってくれ、城戸）

仮面越しでは伝わらないものがある。

ミラーワールドで変身を解くのは死に近づくことを意味していた。

蓮の言葉はそれだけに重い。

(ああ、わかってる)

真司の気持ちは決まっていた。蓮が引き返せないことはわかっている。だったら戦ってやろう。それはただの戦いじゃない。秋山蓮の全存在を受け止めることだ。

蓮は真司が戦いを受けるであろうことを知っていた。どんな気持ちで戦うかを理解していた。だから友人と呼ぶ価値がある。

「変身!」

ふたりは同時に変身した。

相手のいるその場所になにか大切なものがあるように、龍騎はナイトを、ナイトは龍騎を目指して突っ込んでいった。

☆

朝日の射す病室で、恵里はゆっくりと目を覚ました。

完

原作
石ノ森章太郎

著者
井上敏樹

協力
金子博亘

デザイン
出口竜也
（有限会社 竜プロ）

井上敏樹 | Toshiki Inoue

1959年埼玉県生まれ。大学在学中に脚本家としてデビュー。

アニメ、特撮の多くのシナリオを手掛ける。

代表作は『ダーティペア』『ギャラクシーエンジェル』『金田一少年の事件簿』『超光戦士シャンゼリオン』『仮面ライダーアギト、555、キバ』その他、多数。

講談社キャラクター文庫 003

小説《しょうせつ》 仮面《かめん》ライダー龍騎《りゅうき》

2013年8月30日 第1刷発行
2024年1月22日 第7刷発行

著者	井上敏樹《いのうえとしき》 ©Toshiki Inoue
原作	石ノ森章太郎《いしのもりしょうたろう》 ©石森プロ・東映
発行者	森田浩章
発行所	株式会社 講談社
	112-8001 東京都文京区音羽2-12-21
電話	出版（03）5395-3491 販売（03）5395-3625
	業務（03）5395-3603
デザイン	有限会社 竜プロ
協力	金子博亘
本文データ制作	株式会社ＫＰＳプロダクツ
印刷	大日本印刷株式会社
製本	大日本印刷株式会社

KODANSHA

ISBN 978-4-06-314853-4 N.D.C.913 238p 15cm
定価はカバーに表示してあります。Printed in Japan